Ludwig Laher

SCHAUPLATZWUNDEN

Über zwölf ungewollt verknüpfte Leben

Ludwig Laher

SCHAUPLATZWUNDEN

Über zwölf ungewollt verknüpfte Leben

Czernin Verlag, Wien

Gedruckt mit Unterstützung der Kulturabteilung des Landes
Oberösterreich, der Stadt Wien, Kultur, des Zukunftsfonds
der Republik Österreich und des Nationalfonds der Republik
Österreich für Opfer des Nationalsozialismus.

*Zukunfts***Fonds**
der Republik Österreich

Nationalfonds der Republik Österreich
für Opfer des Nationalsozialismus

Laher, Ludwig: Schauplatzwunden / Ludwig Laher
Wien: Czernin Verlag 2020
ISBN: 978-3-7076-0707-9

Die Orthographie entspricht weitgehend der alten Rechtschreibung.

© 2020 Czernin Verlags GmbH, Wien
Lektorat: Karin Raschhofer-Hauer
Autorenfoto: Reinhard Winkler
Umschlaggestaltung: Mirjam Riepl
Druck: GGP Media GmbH
ISBN Print: 978-3-7076-0707-9
ISBN E-Book: 978-3-7076-0708-6

Alle Rechte vorbehalten, auch das der auszugsweisen Wiedergabe
in Print- oder elektronischen Medien

Ich war überzeugter Nationalsozialist und bin es im Grunde genommen heute auch. Man kann uns ja außer dieser Judengeschichte gar nichts nachweisen. Es ist ja nur Gutes geschehen.
(Stefan Schachermayr, Ex-SA-Obersturmführer und Gauinspekteur von Oberdonau außer Dienst, 2005)

Was wir da alles mitmachen haben müssen. Ich sag halt immer, die hätten sie irgendwo hintun sollen, wo sie abgeschlossen gewesen wären, nicht? Wo niemand nichts gesehen hätte, wo niemand dieses Leid und dieses Dings gesehen hätte. Irgendwo versteckt. Aber wir haben da alles mitmachen müssen.
(Eine namentlich bekannte Zeitzeugin, deren Bauernhof direkt gegenüber dem Lager Weyer situiert war, 1985)

Einbegleitung

In diesem Buch will ich von etlichen Menschen berichten, die unterschiedlicher nicht sein könnten und auf den ersten Blick nichts gemeinsam haben. Alt Gewordene und jung Gestorbene werden darin aufgerufen, etwa ein Jurist mit erstaunlicher Berufskarriere oder ein Säugling, der lediglich vier Wochen leben darf, und das im Elend. Sie stammen aus einfachen oder aus begüterten Verhältnissen, auch ihr kultureller Hintergrund differiert zuweilen beträchtlich.

Der Zufall, besser gesagt die reine Willkür derer, die sich berechtigt sehen, über andere nach Belieben zu verfügen, verknüpft sie ohne Ausnahme für eine Weile mit ein und derselben Adresse, obwohl der wohlbestallte Bauer und Grundbesitzer aus Kirchschlag im dem Reichsgau Oberdonau angegliederten Südböhmen hoch über einem Moldauknie, heute Světlík in Tschechien, dem auffällig gewaltaffinen Fleischhauer aus dem oberösterreichischen Prambachkirchen sonst kaum je einmal begegnet wäre, jedenfalls nicht auf diese fatale Weise. Und so gut wie niemand von ihnen wäre nur Wochen davor auf die Idee gekommen, jemals mit dem abgelegenen winzigen Weiler Weyer am Rand des ausgedehnten Weilhartforstes bei Braunau am Inn in Verbindung gebracht zu werden.

Überwiegen auf den folgenden Seiten wie in der Wirklichkeit von damals sollen jene, deren Sterbeurkunde die ominöse Adresse beinhaltet, die aus Rache oder wegen der schlimmen gesundheitlichen Folgen des Aufenthaltes dort samt dem Nachspiel Mauthausen ihre Entlassung nicht lange überleben, die von Weyer über andere Lager einzeln in den gewaltsamen Tod gehen oder im Sammeltransport direkt zur Vernichtung deportiert werden, weil anderswo effizienter gemordet werden kann. Es braucht eben nur wenige, um viele zu beaufsichtigen, auszubeuten, leiden zu lassen, aktiv zu quälen, zur Befriedigung sadistischer Gelüste gegebenenfalls gar totzufoltern, sofern die wenigen gut bewaffnet sind, das Lagergelände ausreichend befestigt ist und solches Vorgehen sich als politisch erwünscht erweist.

Doch geht es diesem Buch ganz bewusst nicht nur um behutsam literarisierte, wenngleich reale Biographien der sogenannten Opfer, exemplarisch wird auch bei den Tätern vorbeigeschaut sowie bei Leuten, die weder der einen noch der anderen Gruppe angehören und doch nachhaltig in jene Geschehnisse verwickelt sind, denen sich mein Vorhaben verdankt.

Als nüchterne Gliederung soll mir das Alphabet dienen. Bunt durcheinandergewürfelt, gereiht nach den zufälligen Anfangsbuchstaben ihrer Nachnamen, werden die Menschen hier vorgestellt. Dass daraus dennoch statt Stückwerk ein großes, beziehungsreiches Ganzes entstehen möge, ist mir gestalterische Herausforderung. Vorwiegend handelt es sich bei den Ausgewählten übrigens um Männer und Kinder, denn deren Anzahl dominiert unter denen, die leiden, oft sterben müssen, beträchtlich. Die Täter wiederum rekrutieren sich ohnehin ausnahmslos aus den selbsternannten Herren der Schöpfung.

Anfang des Jahrtausends legte ich einen dokumentarischen Roman zum gleichen Thema vor, dessen Erfolg bei Kritik und Publikum auf der Recherchequalität, seiner konsequent radikalen Sprache und wohl auch auf der Tatsache gründete, dass es der kollektiven Erzählfigur nicht vergönnt war, sich in der ameisenartig utilitaristischen Welt nationalsozialistischer Prägung länger bei einzelnen Menschen aufzuhalten, gar richtige Protagonistinnen, Protagonisten aufzubauen. Helden, wenn man dieses Wort verwenden will, Helden sind in *Herzfleischentartung* die Strukturen der Barbarei, im Rahmen derer einzelne, sofern sie nicht zur obersten Machtelite zählen, keine besondere Rolle spielen.

Wenn nun in diesem Komplementärunternehmen konkreten Menschen nachgespürt wird, so versteckt sich dahinter keineswegs die Absicht, meinen ursprünglichen Ansatz zu korrigieren, ganz im Gegenteil. Die Porträtierten, selbst wenn sie in Ausnahmefällen Befehlsgewalt ausübten oder sich, soweit möglich, auflehnten gegen Unrecht und Terror, bleiben auch diesmal in erster Linie Spielbälle der Verhältnisse, Nutznießer die einen, Leidtragende die anderen, problematisch Eingebundene die Dritten. Alle zusammen erweisen sie sich als einigermaßen beliebige Versatzstücke des gesellschaftlichen Durchbruchs einer ebenso absurden wie stringenten Schreckensherrschaft. Das relativiert, entschuldigt nichts, aber die Begriffe Schuld und Unschuld, Gut und Böse stehen weniger im Mittelpunkt meines Interesses als die komplexe, zum damaligen Zeitpunkt und weit darüber hinaus nicht nur für die meisten direkt Betroffenen undurchsichtige Gemengelage, die solch Entsetzliches zuließ und sich auch dem Leser, der Leserin nur häppchenweise erschließen soll.

Es hätte eines beträchtlichen, eines schmerzhaften Aufwandes bedurft, nach dem Wiedererstehen der Republik Österreich wirklich Licht in die zahllosen Dunkel zu bringen, von denen dieses hier meiner Überzeugung nach besonders viele bedenkenswerte Facetten aufweist. Dass darauf im großen und ganzen verzichtet wurde, ist heute allgemein bekannt und bis zu einem gewissen Grad auch nachvollziehbar. Welche Langzeitfolgen damit bis in die unmittelbare Gegenwart verbunden sind, wird immer noch sträflich unterschätzt.

Aus Respekt vor den Opfern, Leuten wie du und ich, und jenen wenigen, denen die Verfolgten auch in äußerst gefährlichen Zeiten ein echtes Anliegen waren, bitte ich die einen vor den Vorhang. Anderen, den Tätern, wird schon dieser Vorsatz höchst unangenehm sein, denke ich mir. Solchen Herrschaften wäre es natürlich sehr recht, bliebe wenigstens ihre eigene Geschichte ausgespart. Diese Freude will ich ihnen nicht machen.

Zweifellos helfen das auch nachträglich geringe gesellschaftliche Gewicht ihres monströsen Fehlverhaltens und die erbärmliche Kumpanei angesehener Institutionen mit den angeblich einer Siegerjustiz ausgelieferten Mördern etlichen von ihnen dabei, sich lange erfolgreich distanzieren zu können, oft auch geographisch. Das Die-Sau-Rauslassen begreifen sie bald nur mehr als ferne Episode ihres Lebens.

Damit soll jetzt Schluss sein. Ich gehe ihnen nach, wenn es sein muss, bis ans andere Ende der Welt. So spannt sich der räumliche Bogen vom abgelegenen Fleckchen in einem verschlafenen Winkel des oberösterreichischen Innviertels ganz selbstverständlich bis hin nach Italien und Syrien, sogar bis über den großen Teich in die unabsehbaren Weiten Südamerikas.

Und auch zeitlich geht es zuweilen tief zurück, nicht zuletzt wegen der Inhalte teils prophetischer Schriften eines in Weyer geschundenen Germanisten, dessen Großvater als junger Mann mit Franz Schubert befreundet war. Der Ich-Erzähler meines Buches wiederum ist eindeutig in der Gegenwart angesiedelt, und manches, was ausgebreitet wird, reicht ebenfalls fast an diese heran.

Sie haben es längst bemerkt, ich erlaube mir darüber hinaus ohnehin, alle Gewesenen in eine andersartige, eine zeitlose Gegenwart zurückzuholen, vergegenwärtige sie mir, Ihnen im Wortsinn. Nicht als abgeschlossene Abgelegte will ich sie nämlich begriffen wissen, sondern als unmittelbare Gegenüber, denen ich, wenigstens vom Ansatz her, ein mir letztlich nur ausschnitthaft zugängliches Eigenleben und ein gewisses Mitspracherecht zubillige. Ich bin jedenfalls bereit, mich auf sie einzulassen. Nichts ist vergangen.

Es ist wichtig, beim Lesen stets mitzubedenken, dass vielen der handelnden Personen die in der folgenden Prosa umfassend aufgeschlüsselten, für sie relevanten Zusammenhänge oft bis an ihr Lebensende ganz oder in Teilen unbekannt bleiben. Einen weitgehenden Überblick habe nur ich, haben nach der Lektüre aber auch Sie, selbst wenn sich nicht alle Lücken schließen lassen.

Ob sich eins zu eins wiederholen könnte, was Mitte des zwanzigsten Jahrhunderts einen trotz aller vorangegangenen Greuel beispiellosen Zivilisationsbruch ausmachte, ist eine müßige Überlegung. Außer Frage steht für mich, dass leider keine evolutionären Schutzmechanismen vorgesehen sind, die den Homo sapiens vor ähnlichen Eruptionen dauerhaft feien würden.

Die einst mit einer nach wie vor gültigen Adresse in Weyer tragisch Verknüpften stehen daher gut und gern auch für jene, die heute an verschiedenen Ecken und Enden emsig ihren Geschäften nachgehen oder, gerade einmal eingetroffen auf diesem Planeten, gesäugt werden und irgendwann in der Zukunft womöglich in einen vergleichbaren Spiralstrudel geraten, ihn gar mitverursachen könnten, den rechtzeitig abzuwenden jede Generation neu aufgerufen ist. Dafür bedarf es freilich eines gesellschaftlichen Sensoriums ausreichend vieler mit historischem Wissen ausgestatteter, sprachlich sensibler und vor allem herzensgebildeter Individuen, die konsequent davon Abstand nehmen, analog wie digital mit den Wölfen zu heulen.

Auleitner, Alois

Der adrett gescheitelte, ausgesprochen fesche Knabe im zeittypischen Matrosenanzug hat gegen Ende der Zwanzigerjahre auf einem gepolsterten Bugholzsessel Platz genommen. So richtig wohl scheint er sich in dieser fremden Umgebung aber nicht zu fühlen. Aller Wahrscheinlichkeit nach sitzt er in einem professionellen Photostudio. Minutenlang hat man ihn ins beste Licht zu rücken versucht, seine Haltung bis ins Detail korrigiert. Vor sich auf den Knien ein geöffnetes Büchlein, blickt Alois Auleitner ernst in die Kamera und hält sich still. Sein Vater Jakob, ein Magazineur, ist dreiundzwanzig Jahre älter als seine Frau Maria. Ich stelle mir vor, er wird gehörigen Stolz für seinen späten Nachwuchs empfinden, wenn er diese Aufnahme zum ersten Mal in der Hand hält.

Nach der Schule durchläuft das Kind eine kaufmännische Lehre, wird Handelsangestellter, wechselt in der zweiten Hälfte der stürmischen Dreißiger zur Eisenbahn. Ein sicherer Arbeitsplatz bei einem Staatsbetrieb ist in wirtschaftlich schwierigen Zeiten Gold wert. Als der Säugling Alois im Mai 1916 in Ried im Innkreis geboren wurde, schaute es auch nicht besser aus, ganz im Gegenteil. Der Weltkrieg tobte, der Zerfall Österreich-Ungarns, die verheerende Spanische Grippe, Hunger, Not, Geldentwertung standen unmittelbar bevor.

Erneut hat Auleitner einen Termin im Atelier des Photographen, er nimmt dieselbe Haltung ein wie damals: Viertelprofil von rechts, Kopf dem Betrachter zugewandt. Diesmal aber trägt der smarte, wohlgenährte junge Mann, vor kurzem erst großjährig geworden, bilde ich mir ein, einen eleganten, perfekt sitzenden schwarzen Anzug mit weißem Stecktuch, ein weißes Hemd und Krawatte. Er lächelt sogar, eher schüchtern als selbstgewiss.

Als er im November 1939 für den Kriegsdienst registriert wird, hat Alois Auleitner gerade die Liebe seines kurzen Lebens kennengelernt. Theresia ist zweieinhalb Jahre älter als er und gelernte Damenschneiderin. Was für ein Glück, dass Eisenbahner kriegswichtig sind und vorläufig nicht fürchten müssen, an die Front geschickt zu werden.

Doch schon im Juli 1940 macht die Deutsche Reichsbahn dem jungen Paar, das an Heirat denkt, einen dicken Strich durch die Rechnung. Von einem Tag auf den anderen versetzt man Auleitner nämlich zum Gleisbauzug in die soeben vom besiegten Frankreich annektierte Saarpfalz, einen Landstrich im Norden Lothringens. Noch im selben Jahr wird die ganze Region in Westmark umbenannt werden. Ostmark, Westmark, damit ist eigentlich alles gesagt, von einem Ende des Reiches ans andere schickt man den Lois um des in atemberaubendem Tempo immer größer werdenden Ganzen willen. Er wird seine Resi in Zukunft wohl nur noch sehr selten zu Gesicht bekommen.

Widerwillig tritt er die lange, umständliche Reise an, erhält in Hundlingen, einem kleinen, auf den ersten Blick gesichtslosen Nest, sein Quartier zugewiesen, wird eingekleidet. Am nächsten Tag soll er zum Dienst erscheinen, doch da sitzt Auleitner schon im Zug zurück ins Innviertel. Die unmittelbare Ursache für seine spontane Entscheidung lässt sich beim besten Willen nicht mehr rekonstruieren. Ist es bloß die Sehnsucht nach Theresia, das verdammte Heimweh? Über die möglichen Folgen seines Tuns dürfte der junge Mann sich jedenfalls nicht ausreichend informiert haben. Daheim möchte er sich zur Eisen- und

Metallverarbeitungsfachkraft ausbilden lassen, sagt er, als er wieder in Ried ist.

Es ist noch nicht lange her, dass das generelle Verbot eines Arbeitsplatzwechsels ohne Zustimmung des Arbeitsamtes in Kraft trat. Schnell spricht sich Auleitners unerlaubte Entfernung vom Dienstort bis zum Bürgermeister von Ried durch. Reiner Zufall, aber ausgesprochen praktisch, dass nahezu zeitgleich im äußersten Südwesten des Reichsgaus Oberdonau dicht an der überwundenen früheren Staatsgrenze zum Altreich ein zweckmäßiges Arbeitserziehungslager für asoziale Elemente seine Pforten öffnet.

SA-Obersturmbannführer Franz Kubinger, der kürzlich ernannte Gaubeauftragte für Arbeitserziehung, beehrt sich, diese segensreiche Einrichtung allen Bürgermeistern anzeigen zu dürfen: »Eingeliefert können solche Volksgenossen werden, die die Arbeit grundsätzlich verweigern, die dauernd blaumachen, am Arbeitsplatz fortwährend Unruhe stiften oder solche, die überhaupt jede Annahme einer Arbeit verweigern, obwohl sie körperlich dazu geeignet sind. Sie müssen aber alle das 18. Lebensjahr erreicht haben. Nur Fälle krimineller Natur können hieramts nicht behandelt werden. Ich bitte aber zur Kenntnis zu nehmen, daß im Erziehungslager schwere körperliche Arbeit geleistet werden muß. Die bekannten Speckjäger, also ausgesprochene gewohnheitsmäßige Bettler, sind unerwünscht, weil diese zu einer Arbeit nicht taugen.«

Gauleiter August Eigruber hat es sich in den Kopf gesetzt, dem in raschem Aufbau begriffenen, quasi exterritorialen KZ-Imperium Heinrich Himmlers eine regionale Infrastruktur zur Seite zu stellen, die in bescheidenerem Rahmen, aber ähnlich brutal, für Angst und Schrecken unter der Bevölkerung sorgen soll und lokale NS-Funktionäre in die Lage versetzt, unliebsame Zeitgenossen bequem loszuwerden. Nicht die elitäre SS, sondern die etwas ins Abseits geratene, bodenständigere SA hat in Weyer-Sankt Pantaleon das unumschränkte Sagen.

Bald schon werden Dutzende KZ-Außenlager von Mauthausen überall im Land wie Pilze aus dem Boden schießen, momentan ist davon aber erst ein einziges, Gusen, in Betrieb. Weyer-Sankt Pantaleon gehört also zu den frühesten Terrorstätten im Heimatgau des Führers.

Derweil zieht die Deutsche Reichsbahn im Fall Alois Auleitner die erwarteten dienstrechtlichen Konsequenzen. Auch sein UK-Status wird widerrufen, er ist also nicht länger unabkömmlich. Das heißt im Klartext: Bei der nächsten sich bietenden Gelegenheit wird er zur Strafe für sein Verhalten in den Krieg geschickt werden.

Bürgermeister Rudolf Pospischek aber schwebt anderes vor. Dieses disziplinlose Früchtchen, womöglich gar ein gemeiner bolschewistischer Saboteur wie viele unter den Eisenbahnern, will er auf keinen Fall so billig davonkommen lassen. Schriftlich drückt das Stadtoberhaupt gegenüber dem Vorstand des Reichsbahnhofes Ried seine feste Überzeugung aus, der Arbeitsplatzflüchtling Alois Auleitner sei nicht würdig, den Ehrenrock eines deutschen Soldaten zu tragen. Er halte es, lässt er verlauten, unter diesen Umständen für dringend geboten, Auleitner umgehend in das Arbeitserziehungslager Weyer-Sankt Pantaleon einzuweisen. Postwendend setzt Pospischek die dafür erforderlichen Schritte. Erwartungsgemäß hat er Erfolg.

Sicherlich macht sich Alois Auleitner bei seiner Festnahme nicht im entferntesten einen Begriff davon, was ihn jetzt als drakonische Vergeltung für sein Vergehen erwartet, nämlich ausbeuterische Zwangsarbeit im Freien von Sonnenaufgang bis Sonnenuntergang, zu jeder Jahreszeit, bei jedem Wetter, sechs Tage die Woche. Miserabel ausgerüstet, mit gewöhnlichen Holzpantoffeln und viel zu leichter Bekleidung selbst bei Eis und Schnee, sind die Internierten angehalten, die brachliegenden Flächen des Waidmooses und des Ibmer Moores zu entsumpfen, an deren Stelle zweihundertfünfzig neue Bauernhöfe entstehen sollen. Das schnell wachsende Herrenvolk muss satt werden.

Zunächst geht es darum, die Moosach zu regulieren. Sie bildet hier eine natürliche Grenze zwischen Salzburg und Oberdonau und entwässert die ausgedehnte Hochmoorlandschaft. Statt der vielen Mäander ist ein schnurgerader Flusslauf vorgesehen, bis zu sieben Meter unter der Geländekante und ausgekleidet mit Mauthausener Granit. Ursprünglich hat schon der verblichene Ständestaat dieses Projekt in Angriff genommen, allerdings etwas bescheidener dimensioniert. Was damals als Arbeitsplatzbeschaffungsmaßnahme gedacht war, ist jetzt im Krieg nur noch mit Zwangsarbeitern und einigen wenigen Wasserwirtschaftsfachkräften durchführbar.

Erbarmungslose körperliche Züchtigung gehört ebenso zum inoffiziellen Repertoire der Erziehungsmaßnahmen wie mangelhafte Ernährung. Zeitweise ist jede Form von Unterhaltung zwischen den Lagerinsassen ausnahmslos untersagt, selbst in der kargen Freizeit. Nur gegenüber dem Aufsichtspersonal darf man dann den Mund aufmachen. Wer allerdings glaubt, es müsste den Machthabern daran gelegen sein, möglichst wenig Aufhebens um solche Orte sadistischer Entwürdigung harmloser Mitbürger zu machen, verkennt einen wesentlichen Teil ihres Sinns und Zwecks.

Denn die bald drei Dutzend Lager allein in Oberdonau sind nicht zuletzt als äußerst wirksame Drohgebärde gegenüber breiten Bevölkerungsschichten zu verstehen: Jedem von euch kann es jederzeit genauso ergehen, heißt die Botschaft. Inmitten der in Reih und Glied marschierenden Häftlingskolonne wird Alois Auleitner mit geschultertem Spaten frühmorgens etliche Kilometer zur Zwangsarbeitsstätte geführt werden, auch durch das einige hundert Einwohner zählende Bauerndorf Sankt Pantaleon selbst. Auf dem Hin- wie auf dem abendlichen Rückweg müssen die Ausgepumpten, womöglich gar nach einer der beim Wachpersonal beliebten Scheinertränkungen im Fluss, flotte Nazilieder schmettern. Wer beim besten Willen nicht mehr weiter kann, auf den hetzt man einen der Schäferhunde, oder er wird schon einmal mitten auf der Straße totgeprügelt, bis ihm das Blut aus dem After quillt. Wehe, ein Passant riskierte es, sich einzumischen.

Keiner von Auleitners Mitgefangenen hat etwas verbrochen, die Einweisung Krimineller ist ja ausdrücklich verboten. Er wird manche Leidensgefährten gewaltsam sterben sehen müssen. Bei jedem Aufstehen hat er einzukalkulieren, dass er die kommende Nachtruhe selbst nicht mehr erleben wird. Wofür um alles in der Welt? Zweifellos hat er einen Fehler begangen, eine Rechtsvorschrift gebrochen, wissentlich, unwissentlich. Dafür ist in einem Rechtsstaat eine Sanktion zu erwarten, und wenn sie zu hart ausfällt, lässt sich dagegen berufen.

Rechtsstaat, das war einmal. Gleich nach seiner Einlieferung wird der Neuankömmling dem Lagerkommandanten SA-Obertruppführer August Steininger vorgeführt. Der herrscht ihn an, gefälligst strammzustehen. Nach dem ersten gezielten Faustschlag mitten in sein Gesicht dämmert es Alois wohl schnell, dass hier absolute Gesetzlosigkeit herrscht. Es steht ganz im Belieben der Rohlinge in brauner Uniform, wer wann wieder entlassen wird, wer wie lange überleben darf und wer gar nicht.

Alois Auleitner kommt augenscheinlich nicht für eine vorzeitige Entlassung in Frage. Die Monate vergehen, die Kräfte schwinden. Seine Theresia ist jetzt unendlich viel weiter weg, als sie das im lothringischen Hundlingen je hätte sein können. Hält der Gedanke an die Liebste den Lois aufrecht, oder hat er sich innerlich längst aufgegeben?

Dann und wann gelingt es dem Lagerarzt, selbst NSDAP-Mitglied und einflussreicher Gemeinderat im Ort, schwerst Erkrankte oder lebensgefährlich Misshandelte mit seinem Privatauto in eines der umliegenden Krankenhäuser bringen zu dürfen. Die Folterknechte fühlen sich absolut sicher, kein Arzt wird trotz des eindeutigen Verletzungsbildes mancher Patienten den Mut aufbringen, etwas gegen die Verursacher zu unternehmen.

In den Spitälern behandelt man die fortgeschrittenen Lungenentzündungen, die massiven Erfrierungen, die klaffenden Platzwunden. Man flickt die fürchterlich Zugerichteten entweder notdürftig wieder zusammen und schickt sie zurück zu ihren Peinigern, oder sie werden als hoffnungslose Fälle still und heimlich auf Friedhöfen in der Stadt Salzburg oder in Laufen an der Salzach gleich drüben im Altreich an der ehemaligen Grenze unter die Erde gebracht.

Am Abend des Heiligen Abends 1940 sind alle Häftlinge im Speisesaal versammelt. Ein Christbaum wird aufgestellt, Kerzen werden daran befestigt, eine Weihnachtsbescherung ist angekündigt. Die fällt allerdings anders aus als erwartet: Das pädagogische Personal hat Order vom urlaubenden Lagerkommandanten, neun ausgewählte Objekte dafür aufzurufen. Sie müssen, einer nach dem anderen, das Gesäß entblößen, werden bäuchlings auf die Sitzbänke geschnallt. Mithäftlinge müssen sie fixieren und ihnen mit Mützen den Mund zuhalten.

Es folgt eine wahre Prügelorgie der zu diesem Zeitpunkt bereits merklich angetrunkenen Wachmannschaft. Ein wenig handfesten Spaß wird man doch noch haben dürfen, wenn man während der höchsten Festtage im Jahr zu arbeiten gezwungen ist. Auf jedes der Opfer, darunter ein erst Siebzehnjähriger, dreschen SA-Truppführer Josef Mayrhofer, SA-Sturmführer Gottfried Hamberger und SA-Oberscharführer Alois Rothenbuchner exakt fünfundzwanzigmal wie verrückt mit dem Gummiknüppel ein. Alois Auleitner ist nicht unter ihnen. Aber er muss eine schreckliche Stunde lang zuschauen.

Von Woche zu Woche erlauben sich die Aufseher mehr, niemand hindert sie offenbar daran, ihre Gewaltphantasien nach Herzenslust auszuleben, im wahrsten Wortsinn ohne Rücksicht auf Verluste. Allein im Monat Dezember bringen sie auf diese Weise drei Zöglinge um. Die Opferzahl hätte aber leicht noch größer sein können.

Einer der ältesten Internierten, längst fix und fertig, bat vor kurzem untertänig darum, sich erhängen zu dürfen. Diese Vergünstigung wollten die Pädagogen dem faltigen Mann mit schlohweißem Haar gerne zugestehen, sofern er sich vorher ein letztes Mal kräftig züchtigen lassen würde. Er willigte ein, wurde zur Abwechslung mit einer Geißel ausgepeitscht und bekam dann vereinbarungsgemäß das Werkzeug ausgehändigt. Zum Gaudium der umstehenden und feixenden Braunhemden riss der Strick. Pech gehabt, eine zweite Chance war nicht vorgesehen. Ferdinand Duböck muss weiterleben.

Doch mit einem Schlag ist kurz vor Silvester alles anders. Ob das gar mit dem kurz zuvor Umgebrachten zu tun hat, einem Mann um die vierzig, der erst am Tag vor Weihnachten angeliefert und seither pausenlos besonders schwer misshandelt wurde? Das Wachpersonal wirkt sichtlich nervös, hält sich jetzt spürbar zurück, der Alkohol fließt nicht mehr in Strömen. Dann erscheinen plötzlich fremde Herren in Anzügen auf der Bildfläche, holen Auskünfte bei der Lagerleitung ein, durchstreifen das ganze Gelände, sichern Spuren.

Am neunten Jänner 1941 wird das Lager Weyer-Sankt Pantaleon totalevakuiert, man treibt die Häftlinge zur Eile an. Ein Teil wird kommentarlos freigelassen und im allgemeinen Chaos einfach weggeschickt, die restlichen einundfünfzig, unter ihnen Alois Auleitner, transportiert man ohne Zielangabe ab. Er hat wie die anderen nicht den Schimmer einer Ahnung, was da gerade abläuft, wohin die Reise gehen soll. Wahrscheinlich denkt er, schlimmer kann es ohnehin nicht kommen. Dass er zu jenen gerechnet wird, die fürs Wegschicken ungeeignet sind, ist andererseits ein Alarmzeichen. Sein letztlich doch recht harmloses Delikt sieht man offenbar als gravierend an, oder man ist Bürgermeister Pospischek im Wort, den Mann auf Dauer wegzusperren, mag kommen, was will.

Es geht Richtung Osten. Den Gefangenen wird ihre Überstellung ins etwa zweihundert Kilometer entfernte Konzentrationslager Mauthausen, das seine endgültigen Dimensionen noch nicht erreicht hat, erst bewusst, als sie nach vielstündiger Fahrt endlich dort eintreffen. Alois Auleitner bekommt die Häftlingsnummer eintausendneunhundertfünfundsiebzig zugewiesen. Jetzt gilt der gerade noch Arbeitsscheue wie alle Schicksalsgenossen aus Weyer auf einmal als politischer Schutzhäftling. Ihn wundert nichts mehr. Es ist jetzt bald ein halbes Jahr her, dass er in die Mühlen des Lagersystems geriet. Er ist vierundzwanzig Jahre alt.

Ausgerechnet ein Organ der Rechtspflege des Dritten Reiches bringt allen einundfünfzig in Mauthausen internierten ehemaligen Weyer-Insassen schon am elften Februar 1941 völlig unerwartet die Freiheit. Bald darauf muss Alois Auleitner als Zeuge im Verfahren gegen das Lagerpersonal Rede und Antwort stehen. Es dürfte ihm ein weiteres Mal schwerfallen, sich einen Reim auf diese Vorgänge zu machen. Kann er bei der Einvernahme auspacken, frei von der Leber weg reden, die Exzesse genau schildern, Namen nennen? Man behandelt ihn korrekt, er wird höflich mit Herr Auleitner angesprochen. Gibt es denn tatsächlich noch so etwas wie eine unabhängige Justiz? Oder ist das alles bloß eine besonders perfide Falle? Wer könnte was damit bezwecken?

Sein Sohn, der den gleichen Namen trägt, wird als schon älterer Herr davon sprechen, der Vater sei in der Folge zur Bewährung einer Strafkompanie zugeteilt worden. Belege dafür habe ich keine. Wohl muss Alois Auleitner umgehend einrücken, wie das schon vor der Intervention des Rieder Bürgermeisters vorgesehen war. Und dass es jemand, der als Politischer direkt aus Mauthausen kommt, in der Wehrmacht nicht unbedingt leicht haben wird, ist gut vorstellbar.

Aber diverse Photographien anlässlich seiner Fronturlaube lassen die vorsichtige Vermutung zu, dass sich sein Schicksal von nun an nur wenig von jenem anderer Wehrmachtsangehöriger unterscheidet. Gealtert ist er sichtlich in diesen Lagermonaten, das schon, hager die Gestalt, das Gesicht eingefallen, die Stirnglatze, von der vor vier oder fünf Jahren nicht einmal ein Ansatz zu sehen war, reicht weit nach hinten.

Resi hat auf ihn gewartet. Im Februar 1943 läuten, sollten sie für Rüstungszwecke nicht bereits abmontiert sein, endlich doch die Hochzeitsglocken, und der Lois dürfte auch Anfang 1944 kurz einmal daheim gewesen sein, denn am zwölften Oktober gebiert seine Frau einen Sohn. Die letzten Bilder zeigen Alois Auleitner, weißes Hemd, ärmelloser dunkler Pullover, mit dem winzigen Säugling im Arm. Das muss unmittelbar nach dessen Geburt sein. Viel ernste, innige Zugewandtheit zum Kind verrät mir der Blick des Vaters, strahlende Freude entnehme ich hingegen dem Gesicht der Mutter. Der Mann auf dieser Photoserie ist für mich bestenfalls ein Enddreißiger. Achtundzwanzig? Ausgeschlossen, lächerlich.

Der totale Krieg neigt sich inzwischen dem Ende entgegen. Alois Auleitner hat wieder einmal Pech, er erlebt es knapp nicht. Nach den vom Deutschen Roten Kreuz erstellten Vermisstenlisten datieren die letzten Nachrichten von Angehörigen der zweiten Kompanie des Grenadier-Regiments einhundertdreißig, in der Auleitner Dienst tut, vom Jänner 1945 aus Radom unweit von Litzmannstadt, bald wieder Łódź. Diese Einheit wird auf dem Rückzug vollständig aufgerieben, wie das im Militärjargon so schön heißt. Am sechzehnten Jänner nimmt die Rote Armee die Stadt ein. Das Außenlager Radom des KZ Majdanek ist zu diesem Zeitpunkt bereits ein halbes Jahr geräumt, die Internierten des Judenghettos am Ort, zehntausende Menschen, sind längst vernichtet.

Alois Auleitners Mutter übernimmt es, die Todeserklärung anzustrengen. Als Datum wird amtlich der sechste Jänner 1945 festgelegt. Sein Name findet sich auf dem Kriegerdenkmal im alten Stadtpark von Ried eingraviert.

Blach, Amalia

Am dreiundzwanzigsten Juli 1940 setzt Aloisia Blach drei unbeholfene Kreuze unter ein handschriftliches Protokoll des Amtsgerichtes Bad Ischl. Es ist binnen eines Monats bereits das zweite Mal, dass Frau Blach sich, gerade fünfzig geworden, dort einfinden muss, um über ihre Enkelin Bescheid zu geben. Acht Jahre zuvor ist das Mädchen im steirischen Gaishorn am Schoberpass geboren worden, und zwar auf der Reise, wie fahrende Sinti ihr sommerliches Unterwegssein bezeichnen, mittels dessen sie sich durch allerlei Dienstleistungen und Waren des täglichen Bedarfs ihren Unterhalt verdienen. Doch schon zwei Tage nach Amalias Geburt sei man, versichert Aloisia Blach, wieder weitergezogen. Jetzt lebe die Familie, den Umständen geschuldet, dauerhaft in Ischl.

Seit dem Festsetzungserlass Heinrich Himmlers im Oktober 1939, der die Sinti und Roma zwang, den Landkreis, in dem sie sich gerade aufhielten, nicht mehr zu verlassen, läuft eine großangelegte sogenannte Zigeunererfassung. Schon Monate davor, am einundzwanzigsten Juni, waren die Behörden von Oberdonau vorgeprescht und ließen alle Gemeinden im Gau unter dem Betreff »Behebung der Zigeunerplage« zur »Darnachachtung« wissen, das Herumziehen von Zigeunerbanden werde, »um den jetzt stark zunehmenden Fremdenverkehr nicht zu gefährden«, grundsätzlich untersagt. Als geeignete Maßnahmen, diesen Vorschriften gebührenden Nachdruck zu verleihen, wurden unter anderem Glatzenscheren bei beiden Geschlechtern sowie die Androhung der Entmannung bei männlichen Bandenmitgliedern angeführt: »Es ist der Wunsch des Gauleiters den Heimatgau des Führers zigeunerfrei zu machen und ist daher alles daran zu setzen, dieses Ziel bald zu erreichen.«

Das ledige Kind Amalia wächst wie seine zwei jüngeren Geschwister bei der Großmutter auf und besucht in Bad Ischl auch die Schule. Was kriegt es mit von der zunehmenden Gefahr, die seinesgleichen droht? Sein ganzes kurzes Leben untersteht es theoretisch einem Amtsvormund. Praktisch dürfte das bisher keine große Rolle gespielt haben, denn immer noch gilt für das Mädchen, wie sich anlässlich der Vorladung von Frau Blach herausstellt, das Amtsgericht Rottenmann als zuständig, in dessen Einzugsbereich Gaishorn liegt. Das wird sich jetzt endlich ändern, Ordnung muss sein. Zumindest auf dem Papier.

Denn die Sinti, die sich oft selbst stolz Zigeuner nennen, scheren sich traditionell, soweit es geht, nur wenig um die Bürokratie der Mehrheitsbevölkerung, die es ihrer Erfahrung nach seit einem halben Jahrtausend vor allem darauf anlegt, sie nach Strich und Faden zu schikanieren. Die abgelöste österreichische Verwaltung ihrerseits hat sich bei dieser Klientel in Fällen standesamtlicher Regelungen und daraus abgeleiteter Zuständigkeiten die längste Zeit damit begnügt, den Formalien so unauffällig wie möglich zu genügen und es tunlichst zu vermeiden, schlafende Hunde zu wecken. Je weniger an sich berechtigte Ansprüche die Zigeuner stellten, desto besser.

Jetzt aber, im Dritten Reich, geht es in erster Linie um etwas ganz anderes, nämlich um die Vorbereitung des klaglosen Zugriffs, wenn der Tag gekommen sein wird. Da müssen alle Daten auf den aktuellen Stand gebracht sein, Versäumnisse nachgeholt werden.

Aloisia Blach legt laut Protokoll Wert auf die Feststellung, wegen der Kinder ihrer Tochter, die sie aufzieht, bisher noch nie mit einem Gericht zu tun gehabt zu haben. Vinzenz, Josef und Amalia würden selbstverständlich auch in Zukunft unter ihrer Obhut stehen. Diese Zukunft wird ziemlich exakt ein halbes Jahr später unwiderruflich ablaufen.

Dass die Festsetzungsanordnung als nur dürftig verklausulierte gesellschaftliche Ächtung eine erste wichtige Vorstufe zu einem Genozid darstellt, der im Endeffekt ähnlich konsequent, im Gegensatz zu dem an den Juden aber dezentraler und widersprüchlicher organisiert werden wird, übersteigt zu diesem Zeitpunkt aber noch jedes Vorstellungsvermögen, jedenfalls das der zukünftigen Opfer.

Für viele Betroffene bedeutet der Festsetzungserlass auch eine wirtschaftliche Katastrophe, noch nie sind sie den Kommunen dermaßen zur Last gefallen. Wer vollständig sesshaft ist und einer regelmäßigen Arbeit nachgeht, erlebt die neue Rechtslage zwar als alarmierende Einschränkung der Bewegungsfreiheit, aber sonst ändert sich vorläufig nicht viel. Dagegen bricht für die reisenden Sinti, von der Nazibürokratie grundsätzlich als Zigeunerbanden tituliert, schon jetzt eine Welt zusammen. Viele werden fernab ihrer Winterwohnorte, wo sie feste Unterkünfte haben und großteils schon seit Generationen heimatberechtigt sind, von der Anordnung überrascht. Selbst die Rückkehr nach Hause ist und bleibt verboten.

Mancherorts sperrt man ganze Familien samt den kleinen Kindern einfach monatelang in viel zu kleine Gemeindekotter. Diese Arrestzellen, vorgesehen für Kurzaufenthalte, häufig zur Ausnüchterung oder bis zur Überstellung in reguläre Gefängnisse, sind meist nur schlecht beheizbar und natürlich weitgehend unmöbliert. Nicht einmal ausreichend

Pritschen gibt es. Die hygienischen Verhältnisse spotten jeder Beschreibung. Auch die Versorgung mit dem Nötigsten, vor allem mit einer einfachen warmen Mahlzeit pro Tag, bereitet den Gemeinden, wie sie nach oben melden, große organisatorische Schwierigkeiten. Und wie kommen sie eigentlich überhaupt dazu, für zwielichtige Wildfremde Geld aufzuwenden? Erste Bürgermeister fordern übergeordnete Behörden deshalb mit Nachdruck auf, die Zigeunerbanden »an einer exponierteren Stelle« unterzubringen, was immer das heißen mag.

Diese ermunternden Initiativen der NS-Bürokratie haben für unzählige dem gesunden Volksempfinden verpflichtete Vertreter des gerechten Volkszorns Signalcharakter. Überall kriechen sie aus ihren Löchern und leben ihren latenten Antiziganismus jetzt ungeniert in aller Öffentlichkeit aus. Hasserfüllt stimmen sie in den Chor der Amtsträger ein und beginnen ihrerseits, Maßnahmen einzufordern, die seit jeher ungeliebte Minderheit endlich auf Dauer ganz verschwinden zu lassen.

Im dereinst mondänen, dem alten Kaiser verbundenen Kurort Bad Ischl, wo Amalia Blach aufwächst, ist der Gemeindearzt ein gewichtiges Sprachrohr der nicht länger schweigenden Mehrheit. Schon im November 1939 wendet er sich brieflich an das Stadtoberhaupt und teilt ihm wörtlich mit, dass es für die deutschen Volksgenossen keine Annehmlichkeit sei, mit diesen ungewaschenen, frechen Zigeunern den Warteraum zu teilen. Doktor Albert Meierl würde hinkünftig, wie er es süffisant mit einem Anklang an monarchische Zeiten formuliert, recht gern auf die zweifelhafte Ehre verzichten, Leibarzt der Bad Ischler Zigeunerdynastie zu sein. Deshalb bittet er den Parteigenossen Bürgermeister vertrauensvoll, für Abhilfe zu sorgen.

Nichts lieber als das. Die entsprechenden Pläne sind ohnehin längst geschmiedet, nur das Wie und Wo hat sich vorläufig noch nicht ergeben. Ein gutes Jahr später ist es dann endlich so weit. Mitten im Hochwinter wird Amalia Blach am siebenundzwanzigsten Jänner 1941 gemeinsam mit der Großmutter, den Geschwistern, der leiblichen Mutter und vielen anderen Verwandten in das erst im Aufbau begriffene Zigeuneranhaltelager Weyer-Sankt Pantaleon verfrachtet. Am selben Ort hat der Gau Oberdonau gerade mit einem Arbeitserziehungslager fürchterlich Schiffbruch erlitten und rekrutiert nun rasch neue Zwangsarbeiter für das Großprojekt der Entsumpfung von Waidmoos und Ibmer Moor. Man gibt sich zunächst überzeugt, mit dieser mittelfristigen Lösung das Angenehme mit dem Nützlichen verbinden zu können. Doch schon bald folgt die Ernüchterung.

Knapp zweihundertfünfzig Kinder und Jugendliche sind wie die Frauen unerfreulicher Ballast für das Vorhaben und zwingen zur Improvisation. Vorher, im SA-Lager, war der Belag nämlich signifikant geringer. Die unbedingt nötigen Zusatzbaracken lassen noch auf sich warten. Erst am Tag vor Amalias Ankunft hat man eine Reihe von Kohleöfen bestellt. Aber was soll's, das ist ja kein Sanatorium. Immerhin hat man nun einen beträchtlichen Teil der autochthonen Sintiminderheit des Gaues hinter Schloss und Riegel verräumt, und zum Drüberstreuen karrt man aus Kärnten gleich noch zweiundfünfzig weitere Insassen heran.

Der nächste entscheidende Schritt zum Massenmord kann somit abgehakt werden, nun hat man die Todgeweihten bereits bequem auf einem Haufen. Sie noch eine Zeitlang gewinnbringend auszunutzen, erweist sich allerdings schnell als Illusion. Der Gesamtaufwand übersteigt bei aller Zurückhaltung, was Verköstigung, Körperpflege, medizinische

Versorgung, Heizaufwand und so weiter angeht, den Ertrag durch die Zwangsarbeit von Anfang an bei weitem. Schuld daran sind vor allem die vielen Kinder, ein besonders ärgerlicher Kostenfaktor. Sehr lange wird man sich diesen ineffizienten Luxus nicht antun wollen.

Dieses zweite Lager am Ort ist, weil sich die SA in der Vorgängerinstitution leider ungeschickt verhalten hat, der Kriminalpolizeistelle Linz unterstellt. Das lässt sich nicht zuletzt am offiziellen Stempel ablesen, der alle Häftlingslisten ziert. Doch der explodierende Finanzaufwand wird dem Gaufürsorgeverband angelastet, selbstverständlich ohne dessen Zustimmung einzuholen. Diese abenteuerliche Zwitterkonstellation sorgt schon jetzt für erste Reibereien und wird noch lange nach der Komplettvernichtung des hier vorübergehend gelagerten Untermenschenmaterials für das eine oder andere unwürdige, zum Himmel schreiende Bürokratieschauspiel mitverantwortlich sein.

Doch wäre es unredlich, den Leuten von der Kripo nachzusagen, sie wüssten bereits jetzt im Detail, worauf das alles hinauslaufen soll. In Weyer kommt es im neuen Lager, soweit sich feststellen lässt, auch zu keinen gröberen Übergriffen mehr, jedenfalls zu keinen gezielten Tötungen. Von der alten Wachmannschaft ist einzig SA-Sturmführer Gottfried Hamberger als Verwalter noch mit von der Partie. Er hält sich jetzt vornehm zurück. Ein Glück, dass der zuverlässige Fachmann als minder belastet gilt und deshalb nicht in Untersuchungshaft sitzt. Ihm wird erst nach dem Krieg der Prozess gemacht werden.

Was die Kriminalpolizeistelle freilich doch ein wenig irritieren könnte, ist die augenfällige Tatsache, dass ihre Beamten hier definitiv keine Kriminellen bewachen, dafür jede Menge kleine und kleinste Kinder. Aber Befehl ist Befehl, wer zuviel denkt, handelt sich bekanntlich nur Schwierigkeiten ein. Auch lassen sich eventuell aufkeimende Zweifel mit dem zur Zeit überaus beliebten Schlagwort von der vorbeugenden Verbrechensbekämpfung schnell in die Schranken weisen.

Amalia Blach wird keine Schulklasse mehr von innen sehen, nur noch die Kinder der Einheimischen mit ihren Ranzen draußen auf der Straße jenseits des Stacheldrahts, denen diese gesicherte Anlage samt den darin Eingepferchten unheimlich ist. Die Eltern trichtern ihrem Nachwuchs ein, das Lager auf dem Schulweg komplett zu ignorieren. Aber wie soll das gehen?

Es ist nun einmal keineswegs abseits menschlicher Behausungen angesiedelt, sondern mitten in dem kleinen, landwirtschaftlich geprägten Weiler Weyer. Eine uralte Gaststätte, zugleich Bauernhof, mitsamt den zugehörigen Stallungen ursprünglich für das aufgelöste Arbeitserziehungslager requiriert und endlich doch um etliche Holzbaracken auf der ehemals grünen Wiese nebenan erweitert, bildet nunmehr die gesamte Welt für das Mädchen aus Bad Ischl, das auf seinen letzten Geburtstag Anfang Juni zusteuert, den neunten.

Amalia wird, davon darf man ausgehen, keinen Schritt mehr vor die Mauern und den Drahtverhau setzen, die das Lagergelände umgeben, bis sie Anfang November im frühen Schneetreiben ohne großes Gepäck einen noch harmlosen, ganz gewöhnlichen Lastwagen besteigt, der sie mit ihrer Familie zum Viehwaggon am nächsten Bahnhof bringt, der sie über Lackenbach im aufgelösten Burgenland ins besetzte Polen nach Litzmannstadt, früher Łódź, transportiert, und zwar in ein eben angelegtes, völlig überfülltes Zigeunerghetto gleich neben dem der Juden, wo Amalia mit abgezählten fünftausend Roma und Sinti aus verschiedenen Teilen der Ostmark entweder binnen zweier Monate an einer Seuche wie dem Fleckfieber, vielleicht auch an Auszehrung krepiert oder mit allen, die bis dahin noch nicht ganz tot sind, um die Jahreswende zum aktiven Vernichten ein gutes Stück vor die Stadt nach Kulmhof, früher Chelmno, gekarrt wird, wo sich bereits die Massengräber auftun. Die zu diesem praktischen Zweck adaptierten, penibel abgedichteten Lastkraftwagen, in die man während der Fahrt todbringende Gase leitet, an denen die menschliche Fracht qualvoll langsam erstickt, werden bei dieser Gelegenheit erstmals im Regelbetrieb erprobt werden. Sie bewähren sich hervorragend.

Doch so weit sind wir noch lange nicht. Die zynische, auch im Weltkrieg zum Gutteil perfekt funktionierende Bürokratie ist in Gestalt von Doktor Heinrich Kotzmann, Gerichtsvorsteher im Wildshuter Amtsgebäude, gerade damit beschäftigt, dem Mündel Amalia Blach, das, wie ersichtlich, vor kurzem ins Innviertel übersiedelt ist, wieder einmal einen neuen Amtsvormund zuzuweisen. Ein solcher, verraten die erhaltenen Pflegschaftsakten des Kindes, wird am vierten Mai 1941 in der Person Franz Königs aus dem nahen Ostermiething bestellt. Dafür, dass dieser Herr auch nur die geringste Aktivität im Interesse seines weggesperrten Mündels setzt, fehlt jeder Beleg.

Doktor Kotzmann muss das nicht weiter bekümmern, ihm beschert die Anlieferung der vielen Zigeuner mit ihren für amtliche Abläufe lästigen, unorthodoxen Familienverhältnissen in erster Linie zusätzlichen Verwaltungsaufwand. Als junger Mann hat der verdiente Oberlandesgerichtsrat ab 1912 hier in Wildshut noch dem Kaiser gedient, in der Folge unter allen anderen, die gerade an der Macht waren, ebenso gewissenhaft seine Pflicht getan, wie sehr das Rechtsempfinden über die Jahrzehnte auch variieren mochte. Auch am Beginn der zweiten Republik Österreich wird Doktor

Kotzmann weitermachen wie bisher, bevor er sich 1946 endlich in den verdienten Ruhestand verabschieden kann.

Keine vier Kilometer von Schloss Wildshut entfernt, wo der Gendarmerieposten und das Amtsgericht untergebracht sind, vegetiert die kleine Amalia zu diesem Zeitpunkt schon über ein Vierteljahr ohne Unterricht, ohne Spielzeug und ohne sinnvolle andere Beschäftigungsmöglichkeiten dahin. Zu allem Überdruss grassiert im Lager momentan eine gefährliche Lungenentzündung mit hohem Ansteckungspotential. Die Inhaftierten sollen einander aus dem Weg gehen, aber die Wege sind versperrt. Tote werden weggeschafft.

Der Gemeindearzt von Sankt Pantaleon und Lagerarzt von Weyer in Personalunion lässt eine gute Bekannte, die Frau des vor dem Krieg im ganzen deutschen Sprachraum angesehenen Schriftstellers Georg Rendl, im Vertrauen wissen, ausreichende medizinische Versorgung sei in Weyer prinzipiell nicht vorgesehen. Selbst die anfänglich noch erlaubte Geburtshilfe durch eine Hebamme hat man inzwischen gestrichen, es regiert der Sparstift.

Doktor Alois Staufer ist in seiner Freizeit begeisterter Photograph und investiert viel in eine erstklassige Ausrüstung und modernes Filmmaterial. Einige Wochen später, die Seuche ist inzwischen abgeklungen, fertigt er an einem diesigen Tag Farbdiapositive der Weggesperrten an. Sie zeigen unter anderem den Wachturm und den graslosen Erdboden des Lagers, auf dem Frauen und Kinder hocken, sich für Gruppenbilder aufstellen, während die Männer bei der Zwangsarbeit sind.

Der Mediziner fängt aber nicht nur Trostlosigkeit ein. Er muss erwirkt haben, dass seine Motive, wohl an einem Sonntag, für eine weitere Photosession ein letztes Mal ihr bestes Gewand aus den rings um das Lagergelände abgestellten

Wohnwagen holen dürfen. Heute strahlt zudem die Sonne von einem tiefblauen Himmel, Männer, Frauen, vor allem Kinder posieren mit dem, der Liebsten, mit Geschwistern, einem oder beiden Elternteilen. Auch Einzelaufnahmen entstehen, Seidenblusen, Perlenketten und Nadelstreifanzüge samt Fliege werden vorgeführt. Vor warmroten Ziegelwänden, die einmal verputzt waren, lächeln, grinsen manche der Porträtierten sogar, aber die verstörten Blicke anderer sprechen Bände, bilde ich mir ein. Immerhin, sträflich unterernährt scheint hier trotz des geringen Aufwandes für Lebensmittel niemand zu sein.

Es ist einigermaßen wahrscheinlich, dass auch Amalia Blach auf einer der vielen erhaltenen Photographien zu sehen ist. Ihr Gesicht bleibt mir, bleibt der Nachwelt dennoch unbekannt, namentlich zugeordnet können später nur noch verschwindend wenige der Abgebildeten aus Weyer werden. Denn nicht nur sie, sondern auch die allermeisten ihrer vorderhand durch einen glücklichen Zufall vielleicht noch auf freiem Fuß befindlichen oder in Gemeindekottern und anderen Zigeunerlagern wie jenem von Salzburg-Maxglan internierten Verwandten und Bekannten fallen in den folgenden Jahren dem Rassenwahn zum Opfer. Es wird also schlicht niemand mehr da sein, der diese Menschen identifizieren kann, als die Dias etliche Jahrzehnte später nach dem Ableben Doktor Staufers irgendwann an die Öffentlichkeit gelangen. Allein Amalias Familienname Blach findet sich dreiundzwanzigmal auf den Häftlingslisten von Weyer.

Irgendwann in den frühen Neunzehnfünfzigern, als der einundzwanzigste Geburtstag des theoretisch immer noch am Ort aufhältigen Mündels Amalia buchmäßig ansteht, nimmt ein dazu befugtes Amtsorgan im Bezirksgericht Wildshut das verstaubte Konvolut des zugehörigen Pflegschaftsaktes ein letztes Mal zur Hand und setzt einen formalen Schlusspunkt, indem es mit rotem Stift das Wort »großjährig« notiert.

Man muss, hat man solch ein Schriftstück ohne Zusatzinformation vor sich liegen, fast zwangsläufig den Eindruck gewinnen, die Ende 1941 Deportierten würden, obwohl amtswegig seither spurlos, irgendwo im Untergrund fröhlich weiterleben. Mir will scheinen, da wird entweder aus amtlichem Desinteresse, mag sein auch aus Unachtsamkeit, womöglich gar mit voller Absicht etwas für die falsche Statistik, für das unauffällige Vertuschen von schwersten Verbrechen gegen die Menschlichkeit getan. Die seit ihrer Geburt schutzbefohlene Amalia Blach ist von der Republik Österreich eines schönen Spätfrühlingstages im tiefsten Frieden, am dritten Juni 1953, aus der staatlichen Vormundschaft entlassen worden. Alles bestens.

Dem Deutschen Reich hingegen diente der kleine, ausgemergelte Körper Amalias zuletzt als Dünger. Es ist verbürgt, dass die skelettierten Leichen der tausenden ermordeten Sinti und Roma aus den Massengräbern geholt und in einer eigens errichteten Knochenmühle nutzbringend verarbeitet wurden.

Bogner, Johann

Was sich an diesem Sonntag, dem fünfundzwanzigsten Februar 1906 in der uralten Stadtpfarrkirche von Wels zuträgt, hat wahrlich Seltenheitswert. Herr Johann Bogner ist Fabriksarbeiter und stammt aus einer der vielen Weberfamilien im westlichen Mühlviertel unmittelbar an der reichsdeutschen Grenze. Heute tritt er mit einer jungen Frau vor den Traualtar, die vielen ein Dorn im Auge ist. Ihre Mutter Franziska Daniel aus dem Volk der Sinti war als Dienstmagd gerade in Wischau, einer deutschen Sprachinsel im Mährischen, beschäftigt, als 1884 die Wehen einsetzten. Wer Marias Vater ist, hat Frau Daniel für sich behalten, zumindest geben die amtlichen Papiere darüber keine Auskunft. Mehr als ein halbes Jahrhundert später wird diese Leerstelle auf einem Geburtsschein über Leben und Tod ihrer Enkel und Urenkel entscheiden können.

Solch rare Mischehen werden von der übelwollenden Umwelt meist als schiere Zumutung empfunden. Das trifft auf die eingesessene Mehrheitsbevölkerung zu, aber auch die Sinti und Roma werten dauerhafte Verbindungen mit deutschen, slawischen, ungarischen oder anderen Österreichern des Vielvölkerstaates im allgemeinen als skandalöse Verfehlung.

Es stimmt schon, sicherlich verdreht von Zeit zu Zeit der eine oder andere fesche Bursch wie aus dem Bilderbuch so einem naiven, sehnsüchtigen Mädel vom Land gehörig den Kopf. Dem betörenden Duft von Leidenschaft, Unabhängigkeit und der großen weiten Welt zu widerstehen, ist eben nicht immer leicht. Aufgetaucht aus dem Nirgendwo, schwängert der Liebhaber seine für wenige Stunden Angebetete zuweilen und ist tags darauf wieder über alle Berge.

Derlei kommt wesentlich häufiger vor, als man gemeinhin glaubt. In der unerschütterlich patriarchalen Welt der Donaumonarchie wird eine Kalamität dieser Art eher als lässliche Sünde wahrgenommen, wenn man von den Eltern der verführten Unschuld und ihr selbst einmal absieht. Die setzen gewöhnlich alles daran, wenigstens die Zigeunerabkunft des ledigen Kindes zu kaschieren. Gut vorstellbar, dass bei solchen Romanzen wechselseitig dann und wann sogar wirkliche Liebe im Spiel ist, aber die gesellschaftlichen Schranken sind einfach so gut wie unüberwindbar.

Viel unerhörter ist es freilich, wenn eine junge Sintiza sich auf einen Gadscho, einen Nichtzigeuner also, einlässt. Maria Daniel, ein blutjunges Mädchen, ist als Wirtschafterin in Wels beschäftigt, als sie einen wesentlich älteren Mann kennenlernt, von dem sie schwanger wird. Der im Oktober 1904 geborene Bub hat laut Taufbuch Johann Bogner zum Vater. Dass dieser sie offiziell zur Frau nimmt, darf sie trotzdem bestenfalls hoffen. Die Chancen dafür stehen schlecht. Und doch, anderthalb Jahre später tritt dieser außergewöhnliche Fall ein. Schon vorher gründen die beiden einen gemeinsamen Hausstand. Und wider Erwarten hält die Ehe allen Anfeindungen stand. Das Paar wird neben Karl neun weitere Töchter und Söhne haben, von denen einer den Vornamen des Vaters erhält. Johann junior ist Jahrgang 1914 und kommt, weil der Vater gerade dort arbeitet, im Mai in Zell am See auf die Welt. Er ist es, dem der Namenseintrag dieses Kapitels gilt.

Johann Bogner senior zieht mit seiner wachsenden Familie schließlich nach Kollerschlag. Dort besitzt er das Heimatrecht, und das ist ein wertvolles Gut nach der Katastrophe des Weltkrieges, wenn man ansonsten besitzlos ist und wenig verdient. Die meisten seiner Kinder schauen zum Glück nicht aus wie Zigeuner, aber auch viele reinrassige Zigeuner, wie man damals und noch lange danach sagt, schauen nicht aus wie Zigeuner. Es geht auch gar nicht so sehr ums individuelle Aussehen, es geht auch nur wenig um den individuellen Charakter, es geht um kollektive Zuschreibungen.

Selbst wenn Johann Bogners Frau vielleicht nur eine Halbzigeunerin sein sollte, für das kleine Dorf ist und bleibt sie eine Zigeunerin. Für das Dorf, wenigstens für die, die dort das Sagen haben, sind auch die gemeinsamen Kinder Zigeuner und deren Kinder selbstverständlich ebenfalls. Dass sie womöglich bloß zu einem Achtel zigeunerisches Blut in sich tragen, ändert daran rein gar nichts.

Für eine Dauerausstellung im *Verschütteten Raum* des Linzer Schlossmuseums, die ich kuratierte, habe ich landauf, landab bei betagten Zeitzeugen Klassenphotos und Erstkommunionbilder eingesammelt, auf denen ein Sintikind zu sehen ist oder gar mehrere. Als gutes Zeichen lernte ich es zu interpretieren, wenn diese mitten unter den anderen Kindern plaziert sind und nicht verschämt ganz am Rand weit hinten Aufstellung nehmen mussten. In Kollerschlag sitzt der blonde Adolf Bogner, ein jüngerer Bruder Johanns, gleich vorne in der ersten Reihe, umgeben von seinen Schulkollegen.

Johann Bogner junior, allgemein als Hansl bekannt, legt es zumindest in seiner Jugend anscheinend nicht sonderlich darauf an, bestehende Vorurteile durch Wohlverhalten zu unterlaufen. Vielmehr dürfte es seine Strategie sein, sich durch massive Präsenz Respekt zu verschaffen. Auch wenn man gut daran tut, die Aussagen jener, die ihn noch erlebt haben, etwas zu relativieren, soviel dürfte sicher sein: Der einen Meter siebzig große, kräftige Mann tritt laut und impulsiv auf, lässt sich nichts gefallen. Die Leute sagen ihm auch das eine oder andere Eigentumsdelikt nach, von einer Anzeige nehmen sie aber lieber Abstand, obwohl sie ihn im Dunkel erkannt zu haben glauben. Sie fürchteten seine Rache, lautet ihre Rechtfertigung im Abstand von gut siebzig Jahren. Zwielichtig und arbeitsscheu soll er gewesen sein, argumentieren sie. Letzteres zumindest lässt sich durch Dokumente schnell entkräften, jedenfalls für die Zeit vor seiner Einweisung nach Weyer. Und auch Bogners Strafregisterauszug, in dem am Ende seines kurzen Lebens bloß ein einziger kleiner Diebstahl samt Betrugsteilnahme und als Konsequenz acht Tage Arrest vermerkt sind, scheint mir nicht recht geeignet, die einschlägigen Mutmaßungen zu stützen.

Viel Unmut entzündet sich wie überall sonst an der Kluft zwischen denen, die einen – oft genug bescheidenen – Besitz ihr eigen nennen, dafür schwer arbeiten müssen, hier heroben oft in der Landwirtschaft, und jenen, die in der Weltwirtschaftskrise um 1930 völlig den Boden unter den Füßen verlieren. In Kollerschlag sind zu dieser Zeit etliche vielköpfige Familien auf engstem Raum im sogenannten Gemeindehäusel untergebracht und liegen somit der Kommune auf der Tasche, darunter die Bogners. Oft können sie sich für die kalten Monate nur einen sehr beschränkten Brennholzvorrat anschaffen. Ist der Winter auf über siebenhundert Meter Seehöhe lang und hart, schwärmen im späten Februar die Holzgeher aus, klauben Fichtenzapfen, sammeln Reisig und brechen dürre Zweige von den Bäumen.

Ein Bub, Sohn von Bauern, ist eines Tages auf dem Heimweg von der Schule im Ort zum etwas abgelegenen heimatlichen Hof. Er nimmt eine Abkürzung querfeldein.

In der Nacht war es wieder saukalt, und der immer noch tiefe Schnee trägt daher. Ganz schön neblig ist es, und da zeichnet sich schemenhaft eine dunkle Gestalt ab, tatsächlich, es kommt ihm wer entgegen. Als das Kind den Bogner Hansl erkennt, rutscht ihm das Herz in die Hose. Schon hofft der Kleine, der Hansl würde in ein paar Meter Abstand vorbeistapfen und ihn ignorieren, doch da macht der urplötzlich einen Schwenk – er hat ihn offenbar erkannt –, steuert direkt auf ihn zu und poltert grußlos: »Du, sag's deinem Vatern, wenn er uns heuer wieder leer gehen und kein Holz lasst, dann passiert was, und dir reiß' ich die Loser aus!«

Als hochbetagter Herr schreibt der Schulbub von damals seine Lebenserinnerungen auf und will sogar noch den genauen Wortlaut der Drohung im Kopf haben, so nachhaltig dürfte der Eindruck gewesen sein. Die Loser sind übrigens die Ohren.

Seine Eltern, meint der Chronist mir gegenüber, seien beileibe keine hartherzigen Leute gewesen. Sie hätten ja selbst einen Schüppel Kinder gehabt, die Mutter sei praktisch jedes Jahr schwanger gewesen, und beim Kornschneiden machte ihr das dauernde Buckeln deshalb große Schwierigkeiten. Sie habe den Holzbettlern wiederholt angeboten, im Sommer beim Heuen und bei der Getreideernte mitzuhelfen, im Gegenzug sollten sie in der Not halt nach Maria Lichtmess in Gottes Namen Abfallholz und Zapfen aus dem Wald holen dürfen. Immer hätte es Zusagen gegeben, aber wenn es ernst wurde, habe sich dann nie wer blicken lassen. Als es ihnen schließlich zu bunt wurde, zogen sich die Bauersleute den Zorn vom Hansl zu.

So oder so ähnlich hören sich die Geschichten rund um den Bogner Hansl an. In der Jugend hat er sich fraglos ausgelebt, jetzt, mit Mitte zwanzig, ändert sich doch viel. Als

Hitler an die Macht kommt, arbeitet er schon eine Zeitlang fleißig als Chauffeur. Sein Beruf wird auf den vielen Papieren, die Hansls unbarmherzige Verfolgung durch die Nazis dokumentieren, stets mit »Kraftfahrer« angegeben werden. Kürzlich hat er geheiratet, und schnell ist er zweifacher Vater. Die beiden ersten Töchter von Brigitte und Johann Bogner junior werden Anfang 1939 und im Herbst 1940 geboren.

Johann Bogner senior, inzwischen siebzig Jahre alt, und seine Frau Maria müssen es noch erleben, wie die eigene Hochzeit vor nunmehr bald drei Dutzend Jahren zur Ursache für alarmierende, völlig unbegreifliche Ereignisse wird. Ihre Kinder und Kindeskinder verschwinden kurz hintereinander eines nach dem anderen, entweder im Lager oder, soviel sich rekonstruieren lässt, wahrscheinlich irgendwo im Untergrund. Oder sie bleiben durch allerlei Zufälle vorläufig einmal ganz verschont. Welchen vernünftigen Reim sollte man sich sonst auf die penibel erfassten Zugangsdaten von Mitgliedern der Familie Bogner im fernen Zigeuneranhaltelager Weyer-Sankt Pantaleon machen?

Johann junior und sein noch lediger, erst halbwüchsiger Bruder Adolf gehören zu den allerersten, die dort im Jänner 1941 eintreffen. Mitte April folgt mitsamt ihrer älteren Tochter Johanns Frau Brigitte, geborene Zinsmeister, die gar keine Sintiza ist, eine gute Woche später Hansls ältester Bruder Karl. Am fünften Mai, just an jenem Tag, als der Säugling Rudolf Haas im Lagerelend den Kampf um sein Leben verliert, werden trotz einer auf dem überbelegten Gelände eben ausgebrochenen, hochansteckenden Lungenentzündung zwei weitere Personen in die Lagergemeinschaft aufgenommen, wie die Einleitungsformel auf den erhaltenen Zugangslisten der Kripo oft unverhohlen zynisch lautet. In Begleitung der siebenundsechzigjährigen Vinzenzia Sarkany, bei der sie in Obhut gewesen sein muss, wird nun auch die erst sieben Monate alte jüngere Tochter der Bogners eingeliefert. Hansls Familie ist also wieder vereint. Ein geringer Trost ist das angesichts der Umstände.

Rassenforscher und NS-Ideologen sind übereingekommen, den Begriff Zigeunermischling auf alle jene Personen auszudehnen, in deren Adern zumindest ein Achtel zigeunerischen Blutes fließt. Das deckt sich durchaus mit dem gesunden Volksempfinden und erweist sich für die beabsichtigte Befreiung des geplagten deutschen Volkskörpers von lästigen Parasiten als außerordentlich zweckdienlich. In einem schwammigen Aufwaschen machen die Nazis, wenn sich Gelegenheit bietet, gleich auch alle Arten von umherziehenden Bürstenbindern, Korbflechtern und Scherenschleifern mit ihren Kraxen auf dem Buckel in Zigeunerlagern wie Weyer dingfest, selbst wenn sie gar keinen Roma- und Sintihintergrund haben, vielleicht zu den Jenischen gehören oder einfach nur Menschen aus den ärmsten Schichten sind, die sich auf diese Weise über Wasser zu halten versuchen.

Parallel leert man aus gleichem Antrieb vielerorts die Armenhäuser, indem verkalkten und ans Bett gefesselten Alten, Mongoloiden, Spastikern und anderem unwerten Leben ein schnelles, volkswirtschaftlich vernünftiges Euthanasieende beschert wird. Doch regt sich gegen diese Hygienemaßnahmen allzu massiver Widerstand in der Bevölkerung, weshalb Hitler die Aktion T4 im Spätsommer 1941 abbrechen lässt. Dafür steht jetzt die erste Massentötung von Zigeunern im Gas unmittelbar bevor. Denen kräht, so die berechtigte Erwartung, ohnehin kein Hahn nach.

Es sind freilich seltene Fälle belegt, in denen sich ein Ortsgruppenleiter, ein NS-Bürgermeister vehement für die alteingesessene Sintifamilie der Gemeinde ins Zeug legt und ihre

Deportation auf Dauer verhindern kann. Auch diese Form von Widerständigkeit gibt es. Gewöhnlich jedoch werden die gleichgeschalteten Dorfkaiser eher von sich aus tätig und liefern ihre ethnisch stigmatisierten heimatberechtigten Bürgerinnen und Bürger bei der erstbesten Gelegenheit ans Messer.

Selbst nach den krausen Maßstäben der Nationalsozialisten ist es einfach nicht wahr, dass diese Menschen in ihrer großen Mehrheit Nichtsnutze sind, faul, Sozialschmarotzer, wie man heute sagen würde. Längst hat nämlich ein Assimilationsprozess eingesetzt, viele Sinti haben ihr traditionelles Nomadenleben bereits gegen feste Wohnsitze eingetauscht, stehen von früh bis spät in verschiedensten Berufen ihren Mann oder ihre Frau und werden doch scheel angesehen, obwohl sie sich durch nichts als ihre fernen indischen Vorfahren von anderen fleißigen Leuten unterscheiden. Manchen ist dieses Erbgut gar nicht einmal bewusst gewesen, und jetzt finden sie sich mit Menschen zusammengepfercht, die für sie nicht weniger exotisch sind als für die Mehrheitsbevölkerung. Weite, sehr bunte und lange Frauenröcke oder die mit dem Sanskrit verwandte Sprache sind nur zwei der auffälligsten Merkmale, die einem da sofort ins Auge und ins Ohr stechen.

Ausgerechnet der rasante Wirtschaftsaufschwung nach dem Anschluss ist dafür verantwortlich, dass mehr und mehr Sinti und Roma, auch Frauen, in Produktionsbetrieben Arbeit und Brot fanden, mit ganz wenigen Ausnahmen allerdings nur für kurze Zeit. Erwiesenermaßen gingen auch Johann und Adolf Bogner bis unmittelbar vor ihrer sogenannten Festsetzung einer geregelten Beschäftigung mit festem Einkommen nach. Das gilt genauso für den Facharbeiter in einer Steyrer Munitionsfabrik, die Hilfsarbeiterin in einer Bachmanninger Ziegelei oder die in der Chemieindustrie von Burghausen Untergekommenen aus Ach an der Salzach, die täglich einen weiten Weg bergauf, bergab in die und zurück von der Schicht auf sich nehmen mussten. Die Liste ließe sich beliebig fortsetzen.

Apropos Liste: Die mit handschriftlichen Ergänzungen und Korrekturen versehenen Aufstellungen der in den Lagern Weyer-Sankt Pantaleon Zwangsinternierten dokumentieren in der Hauptsache Zugänge sowie einige wenige Überstellungen, Todesfälle und Entlassungen. Es fällt aber auf, dass dieses vermutlich vollständig erhaltene, mir erst vor etlichen Jahren auf abenteuerliche Weise zugespielte Originalkonvolut kaum einmal gelungene Fluchtversuche vermeldet.

Addiert und subtrahiert man alle ausgewiesenen Zu- und Abgänge, wobei man auf die bedauernswerten Babys nicht vergessen darf, die in Weyer geboren werden und nur im Geburtenbuch der Gemeinde Sankt Pantaleon registriert sind, lässt sich die Diskrepanz zu den am Tag der Auflösung des Lagers nachweislich Weggeschafften an zwei Händen leicht abzählen. Im großen und ganzen stimmt die Statistik also.

Aus anderen verlässlichen Quellen kann man rekonstruieren, dass es aber tatsächlich noch ein paar weitere aus unbekannten Gründen nicht vermerkte Überstellungen und Entlassungen sowie zumindest eine weitere gelungene Flucht gegeben haben muss, die des Bogner Hansl.

Die verschwindend geringe Zahl der Entkommenen verwundert auf den ersten Blick einigermaßen, denn von einer Hochsicherheitsanlage kann beim Zigeuneranhaltelager Weyer keine Rede sein. So dürfen sich, wenn auch nicht offiziell, verdiente NS-Funktionäre bei Bedarf kräftige Burschen aus dem Lager für private Zwecke ausleihen und nach getaner

Arbeit wieder zurückstellen. Schriftlich überliefert ist etwa eine bezeichnende Szene in einem beliebten Wirtshaus, dem Auwirt. Ein offenbar umgänglicher Herrenmensch spendiert solch einem jungen Mann vor der abendlichen Ablieferung schnell noch ein Bier, und der erzählt bei dieser Gelegenheit den staunenden Gästen seine Lebensgeschichte, die darin gipfelt, erst bei seiner Festnahme direkt am Arbeitsplatz von seinem Zigeunertum erfahren zu haben.

Vertraulich signalisiert die Statthalterei des Reichsgaus, Abteilung Hochbau, im Herbst 1941 einem weithin bekannten Baumeister aus der Gegend, dass die Deportation der Zigeuner seit September beschlossene Sache ist: »Du wirst dies sicher mit Entsetzen zur Kenntnis nehmen, weil Du dadurch bedauerlicherweise Deinen Chauffeur verlierst.« Blankes Entsetzen, so nimmt der gut informierte Linzer Beamte wohl zutreffend an, werde beim betroffenen Unternehmer durch den drohenden Verlust eines billigen Fahrers, nicht aber durch die zumindest höchst verdächtige Deportation etlicher hundert unschuldiger Menschen von Oberdonau weit weg in ein Ghetto irgendwo im Osten ausgelöst werden. Was sind das für Zeiten.

Doch warum, zum Teufel, möchte man aus der zeitlichen Ferne fragen, nehmen all diese Leute nicht bei der erstbesten Gelegenheit Reißaus? Das lässt sich leicht erklären: Für Sinti und Roma haben die großfamiliären Zusammenhänge normalerweise herausragende Bedeutung. Mit einer Flucht aus Weyer riskiert man aber sehr viel mehr als bloß die dauerhafte Trennung von den Seinen, nämlich die Hinrichtung. Noch dürfte zudem, wie eine erschütternde Postkarte von Albine Rosenfels aus dem Lager unterstreicht, niemand ernsthaft damit rechnen, dass diese Internierung schließlich auf dasselbe hinausläuft, dass das hier bereits die vorletzte

Station ist, der Wartesaal auf die Massentötung. So fügen sich fast alle in ihr tristes Schicksal und hoffen vergeblich auf eine Wende zum Besseren.

Nicht so der Bogner Hansl. Über seine Motive weiß ich nichts, aber ich traue ihm zu, dass er alles daransetzt, über Mittelsleute oder gar persönlich die zuständigen Behörden zu kontaktieren, um sie davon zu überzeugen, dass seine Familie irrtümlich eingesperrt sein müsse. Da ist einmal seine Frau, die mit den Zigeunern rein gar nichts zu tun hat, und auch er selbst sowie seine Brüder haben doch einen rein arischen Vater. Lediglich seine Mutter stammt von den Zigeunern ab, und das wohl auch nur zur Hälfte.

Am zweiundzwanzigsten Oktober 1941 wird Johann Bogner jedenfalls wieder in Haft genommen, diesmal sperrt man ihn im Polizeigefangenenhaus Linz ein. Seine Familie sitzt da nach wie vor im Lager Weyer, und es bleiben nur noch wenige Tage bis zur Verbringung in den Osten und der folgenden Ermordung.

Da geschieht Unerhörtes: Brigitte Bogner, die Kinder und der noch minderjährige Adolf werden Anfang November am Tag der Deportation des gesamten Weyer-Belags über Lackenbach nach Łódź von diesem separiert und zum Hansl nach Linz ins Polizeigefängnis überstellt, wo sie schon tags darauf samt dem Vater in die Freiheit entlassen werden. Mit Ausnahme von Bruder Karl sind die Bogners damit um Haaresbreite dem sicheren Tod entgangen. Die Gründe dafür lassen sich wohl nicht mehr klären.

Was den armen, soeben siebenunddreißig Jahre alt gewordenen Karl anlangt, sei noch angemerkt, dass sich der Stadtpfarrer von Wels anlässlich seiner Geburt dereinst bemüßigt fühlte, die mährische Großmutter, sonst fast überall als »ledige Dienstmagd«, gelegentlich auch als »Tagelöhnerin«

eingetragen, im Taufbuch süffisant als »vazierende Zigeunerin« zu bezeichnen. Ich halte es für nicht ganz ausgeschlossen, dass in dieser von absurder Willkür gekennzeichneten Zeit solch eine weit zurückliegende kleine Bosheit große Wirkung haben könnte.

Johann Bogner kehrt mit seiner Frau und den Töchtern nach Kollerschlag zurück. Das Paar bekommt noch zwei weitere Kinder. Brigitte und die vier Kleinen sowie Hansls Bruder Adolf überstehen in permanenter Angst daheim die NS-Zeit, der Bogner Hansl aber wird im März 1944 ein weiteres Mal verhaftet und diesmal nach Auschwitz überstellt werden. Da ist er gerade einmal dreißig. Zeitzeugen aus Kollerschlag führen das auf seinen Lebenswandel zurück. Aber nichts Genaues wissen sie nicht. Nun, ich weiß ein bisschen mehr. Doch halte ich mich an die Chronologie der Ereignisse und widme mich vorerst den Nachwehen des geleerten Lagers in Weyer.

Dessen Bilanz ist für die nationalsozialistische Verwaltung vor allem in finanzieller Hinsicht ein wahres Desaster. Und so bleibt es nicht aus, dass sich in Oberdonau gleich nach der Schließung eine heftige, in ihrer Abscheulichkeit kaum überbietbare Auseinandersetzung entspinnt, die um die Frage kreist, ob Einlieferungen in dieses Lager als fürsorgerechtliche oder polizeiliche Maßnahme zu verstehen sind. Die Menschen, um die es dabei geht, werden im besetzten Polen mit einer kleinen Ausnahme, den Bogners, derweil gerade gnadenlos umgebracht.

Ausgerechnet Familie Bogner aus Kollerschlag führt der Landrat von Rohrbach gegenüber dem Reichsstatthalter, also Gauleiter August Eigruber, als schlagendes Beispiel an, wenn er seine Ersatzansprüche in der Höhe von zweihundertzweiundneunzig Reichsmark untermauert. Ihre

Hilfsbedürftigkeit stelle sich eindeutig als unmittelbare Folge der Festnahme von Adolf und Johann dar, die bis dahin in abhängiger Beschäftigung gestanden wären und also über ein regelmäßiges Erwerbseinkommen verfügt hätten. Nicht nur im Lager selbst seien auf diese Weise völlig unnütze Fürsorgeleistungen angefallen, sondern auch schon die Zeit davor, als Brigitte Bogner und die Kinder sich noch in Freiheit befunden hätten, während die Brüder bereits in Gewahrsam genommen waren.

Aus diesem wie aus vielen ähnlichen Schriftwechseln – die anderen durchwegs zu bereits Umgebrachten oder unmittelbar vor ihrer Tötung Stehenden – lässt sich zwischen den Zeilen eindeutig herauslesen, dass nicht der geringste Anlass bestand, die Leute aus gesicherten Lebensumständen zu reißen, es sei denn, man habe aus rein rassistischen Gründen Interesse daran gehabt, sie in Bausch und Bogen zu Kriminellen zu erklären, auch wenn sie, wie die jüngere Tochter des Bogner Hansl, gerade einmal sieben Monate zählten, als man sie ins Lager einwies.

All das bleibe der Reichsstatthalterei selbstverständlich unbenommen, interpretiere ich den Landrat, der ja nicht im entferntesten die Absicht hat, sich als Verfechter von Menschenrechten und Anwalt der Zigeuner zu positionieren. Doch dann möge der gesamte Aufwand für die unsanft aus dem Berufsleben entfernten ehemaligen Insassen gefälligst als Polizeikosten verbucht werden.

Wochenlang wartet man vergeblich auf eine Antwort. Da absolut nichts weitergeht, bedrängen die einzelnen Kreisdienststellen jetzt den übergeordneten Gaufürsorgeverband in Linz, sich massiver für ihre berechtigten Anliegen einzusetzen. Das darauf erfolgte Schreiben von Regierungsdirektor Alexander zur Lippe-Weißenfeld lässt an Deutlichkeit kaum etwas zu wünschen übrig. Die Summe, um die es insgesamt geht, wird von ihm vorderhand mit knapp dreißigtausend Reichsmark beziffert.

August Eigruber stellt sich ahnungslos und lässt die einzelnen Landräte wissen, sie mögen sich doch tunlichst an den Polizeipräsidenten von Litzmannstadt wenden, wo die Zigeuner derzeit arbeiten würden. Mit ihrer Entlohnung dort könnten sie die Unterbringung in Weyer im nachhinein doch selbst problemlos abstottern. Ein völlig aussichtsloser Weg, schäumt Mitte Februar der Welser Landrat in seiner Antwort an den Reichsstatthalter. Damit hat er nur allzu recht, und das nicht nur, weil Gleiches schon in Weyer selbst möglich gewesen wäre, hätte man den Zwangsarbeitern ihre Arbeitsleistung abgegolten. Womöglich haben die Landratsämter über andere Kanäle auch bereits mitbekommen, dass im besetzten Polen die Vergasung der menschlichen Auslöser dieses Streits ums Geld soeben erfolgreich abgeschlossen worden ist.

Eigrubers leicht durchschaubares Ablenkungsmanöver hat jedenfalls eine neue Protestwelle der Landräte zur Folge. Der in ernsthafte Bedrängnis geratene Gauleiter überantwortet die heiße Kartoffel daraufhin dem Reichssicherheitshauptamt in Berlin. Im April kontert dieses die einheitliche Argumentation der betroffenen Behörden eiskalt mit einer geradezu märchenhaften Beschreibung der Lagerverhältnisse, die sprachlos macht.

Die Zigeunersiedlung Weyer sei doch bitte alles andere als ein Gefangenenlager gewesen. Es handelte sich dabei vielmehr lediglich um eine gewisse Art der Aufenthaltsverpflichtung des in Rede stehenden Personenkreises zum Zwecke besserer Überwachungsmöglichkeiten. Die Leute konnten demnach ungehindert ihrer von einer regionalen

Wassergenossenschaft zur Verfügung gestellten Arbeit nachgehen und sich damit untertags außerhalb der Institution frei bewegen. Wie man da auf den seltsamen Gedanken kommen könne, die mannigfachen Fürsorgeangebote der Betreuungsorgane – immerhin stellte man unter anderem freie Kost und Logis zur Verfügung – auf Polizei und Justiz abwälzen zu wollen, sei daher absolut nicht nachvollziehbar.

Ende August informiert die Reichsstatthalterei die immer noch erbosten Fürsorgeverbände, das Reichsinnenministerium habe sich erbötig gemacht, eine Reichsbeihilfe zu den Kosten für Weyer in Aussicht zu stellen. Die wird aufgrund der vielen den Bogners vergleichbaren Fälle nach und nach aufgestockt, zuletzt am dreiundzwanzigsten März 1943. Das beruhigt die Gemüter schließlich doch, die Aufregung legt sich langsam. Um diese Zeit, ich muss noch einmal daran erinnern, kann man in Kulmhof bei Litzmannstadt bereits die ökonomische Verwertung tausender Zigeunerskelette in Angriff nehmen. Die Knochenmühlen mahlen jedenfalls wesentlich geschwinder als jene der Bürokratie. Der Dünger lässt sich gut verkaufen.

Nicht seines privaten Lebenswandels wegen wird Johann Bogner junior 1944 nach Auschwitz verbracht. Auch dass er als Zigeunermischling gilt, ist jetzt plötzlich völlig uninteressant. Vielmehr wird er dort als politischer Häftling registriert, fragen Sie mich bitte nicht warum. Seine Mutter stirbt um diese Zeit, ob eines natürlichen Todes und wo, das kann ich ebenfalls nicht sagen.

Kurz vor der Befreiung von Auschwitz trifft Hans Bogner – so heißt er jetzt auf dem Stammdatenblatt, so unterschreibt er in den Konzentrationslagern die ihm vorgelegten Formulare – am dreiundzwanzigsten Jänner 1945 mit einem Evakuierungstransport im KZ Buchenwald ein.

Bald darauf wird er dem Außenkommando Rehmsdorf zugeteilt. Die Häftlinge müssen dort Räum- und Bauarbeiten auf dem Gelände des durch Bombenangriffe schwer beschädigten Treibstoffwerkes der Braunkohle-Benzin AG in Tröglitz leisten. Hans hat offenbar noch Kraft und Energie genug, in diesem relativ günstigen Umfeld ein weiteres Mal einen Fluchtversuch zu riskieren. Mit Sicherheit weiß er, dass der Untergang Hitlerdeutschlands unmittelbar bevorsteht. Am dreizehnten Februar ist er über alle Berge, wie die Personal-Karte der Nummer einhundertneunzehntausendsiebenhundertneunzig nüchtern berichtet. Es fehlt jeder Vermerk, dass man ihn je wieder aufgegriffen oder auf der Flucht erschossen habe. Trotzdem, irgendwann in den letzten Wochen der Naziherrschaft muss Hans Bogner, dessen Spur sich jetzt auf Dauer verliert, irgendwo irgendwie umkommen. Die Familie wird dauerhaft annehmen, dass dies schon 1944 in Auschwitz geschehen sein muss.

Schuld daran trägt eine behördliche Entscheidung. Mit Rechtskraft vom sechsten September 1954 erklärt das Standesamt Wien-Innere Stadt-Mariahilf Herrn Johann Bogner für tot. Als Zeitpunkt seines Ablebens wird der dreiundzwanzigste April 1944 festgesetzt. Das ist natürlich falsch, obwohl ein dreiundzwanzigster April durchaus plausibel erscheint, aber eben der des Folgejahres. Hans Bogner ist jedenfalls nicht die einzige in diesem Buch porträtierte Person, der zwei Tode zugeordnet werden.

1947 beschließt die Zweite Republik im Hinblick auf die Verfolgten des Ständestaates und der Nazidiktatur ein Opferfürsorgegesetz. Sinti und Roma, von denen etwa zehn Prozent überlebten, haben es allerdings besonders schwer, als Geschädigte anerkannt zu werden. Die ihnen gewohnheitsmäßig unterstellte Asozialität wird ungeniert weiter ins

Treffen geführt. Und was Lager wie jenes von Weyer-Sankt Pantaleon anlangt, neigen die österreichischen Behörden eher zur Auffassung des Reichssicherheitshauptamtes als zu jener der verschwindend wenigen Überlebenden: Gar so schlimm kann es doch bitte nicht gewesen sein.

Die Jahrzehnte ziehen ins Land, die Erinnerung verblasst. In Kollerschlag beginnt man langsam zu vergessen, dass Vorfahren der Bogners vor schier urdenklichen Zeiten mit den Zigeunern zu tun hatten. Adolf, der Kulmhofer Knochenmühle mit knapper Not entronnen, stirbt als geachteter Mitbürger hochbetagt durch einen tragischen Verkehrsunfall. Sein Mopedauto bietet nicht ausreichend Schutz.

Haas, Rudolf

Wie es kommen kann, dass sich Rudolf Haas von einem österreichischen Amtsträger mit Josef Wissarionowitsch Dschugaschwili, besser bekannt und berüchtigt unter dem Namen Stalin, in einen Topf werfen lassen muss? Das ist eine ziemlich lange, eine sehr unangenehme Geschichte und noch dazu eine überaus erstaunliche, nicht nur, wenn man bedenkt, dass dem kleinen Rudolf weniger als vier Wochen nach seiner Geburt bei Nacht und Nebel ein Grab geschaufelt wird.

Marie Haas aus Salzburg-Maxglan ist gerade einmal zwanzig, als sie einem Buben das Leben schenkt. Das Baby hat auch einen Vater, der sich offenbar zu ihm bekennt. Er heißt Josef Steiner, aber als die Wehen einsetzen, weiß Marie nicht, wo er sich im Moment befindet. Gut für ihn, denn sein Kind, das er nie sehen wird, ist vom ersten bis zum letzten schweren Atemzug an das trostlose Lagergelände von Weyer-Sankt Pantaleon gefesselt. Gleich mit der zweiten großen Zigeunertranche wurde seine im sechsten Monat schwangere Mutter Ende Jänner 1941 angeliefert.

Rudolf hat besonders schlechte Karten. Nur wenige Tage nach der Entbindung bei bitteren Minusgraden am Morgen des achten April bricht im Lager eine hochansteckende Variante der Lungenentzündung aus. Einmal wird dieser Typus als kruppös bezeichnet, ein andermal als ägyptisch. Medikamente gibt es nur auf dem Papier. Begünstigt auch durch die Überbelegung und hygienische Defizite, breitet sich die Seuche schnell aus. In einem Briefdokument ist bald einmal von zwanzig Fällen die Rede, der Gemeinde- und

Lagerarzt hat alle Hände voll zu tun und kann doch nur wenig machen. Das soll aber möglichst nicht nach außen dringen, und so differieren etwa die Angaben zum Ableben jener Fünfjährigen beträchtlich, die eine Woche vor Rudolf Haas Ende April an der Pneumonie stirbt. In den privaten Aufzeichnungen Doktor Alois Staufers lässt sich die Wahrheit ungeschminkt nachlesen, auf dem offiziellen Totenschein von Maria Daniel aus Handenberg im Innviertel steht jedoch unverfänglich »Herzkollaps«, auf jenem der fünfundsiebzigjährigen Kärntnerin Maria Justina Müller »Herzfleischentartung«. Sie überlebt Rudolf gerade einmal um zwölf Tage.

Und der Säugling selbst? Ihm wird von Amts wegen »Lebensschwäche« nachgesagt. Am fünften Mai um fünfzehn Uhr dreißig sei Rudolf ihr erlegen. Diese Daten beglaubigt tags darauf in der Gemeindestube SA-Sturmführer Gottfried Hamberger als Verwalter und stellvertretender Lagerführer im Verein mit Bürgermeister Michael Kaltenegger in dessen Eigenschaft als Standesbeamter. Phantasievolle Todesursachen waren schon im überstürzt aufgelösten Arbeitserziehungslager üblich, in dem Hamberger, wiewohl gern einmal selbst gewalttätig, in gleicher Funktion werkte. Der Mann kann also seine Routine ausspielen. Diesmal hat er ausnahmsweise gar nicht so unrecht, stirbt doch alle Kreatur, wenn man es philosophisch angeht, letzten Endes tatsächlich an Lebensschwäche.

Ein weiterer wichtiger Verwaltungsakt erweist sich durch das frühe Hinscheiden des ledig geborenen Kindes als überflüssig. Die Zuteilung eines Vormunds durch das zuständige Amtsgericht kann entfallen. Doktor Heinrich Kotzmann wird diesmal nicht behelligt werden müssen.

Die ehemals selbständige Gemeinde Haigermoos – und damit auch das Lagergelände von Weyer – ist im Dritten

Reich zu einem Ortsteil von Sankt Pantaleon mutiert. Vorübergehend deponiert man die Leichen der Sinti jeweils in der engen Werkzeugkammer des Totengräbers auf dem nahen Haigermooser Kirchhof. Auch der schmächtige Körper des Babys Rudolf wirkt achtlos zwischen Spaten, Schaufeln und Spitzhacken hingeschmissen, ein unvergesslicher, für immer ins Bewusstsein verschiedener Zeitzeugen eingebrannter Anblick, ermöglicht durch eine Aussparung in der uralten Holztür außen an der gotischen Apsismauer.

Beim Laternenschein müssen die Lagertoten am Rand des Haigermooser Friedhofs mitten in der Nacht unter die Erde gebracht werden. Auf das Herbeischaffen eines Kindersargs für Rudolf Haas wird wohl verzichtet worden sein, Angehörige sind umständehalber sowieso nicht zugelassen. Es ist auch nur schwer vorstellbar, dass ein Priester anwesend ist, obwohl alle heimlich zu Verscharrenden römisch-katholisch getauft sind und den Sinti im allgemeinen eine innige Frömmigkeit nachgesagt wird. Bis sie 1938 verboten wurde, hatte zum Beispiel die traditionelle Zigeunerwallfahrt nach Mariazell alljährlich am zweiten Augustsonntag tausende Roma und Sinti beim Gnadenbild der Gottesmutter zusammengeführt. Maria ist nicht zufällig ein außergewöhnlich häufiger weiblicher Vorname bei den nunmehr vollends Geächteten.

Gleich zwei Marien oder Marias, eine sehr junge sowie eine schon ziemlich betagte, begleiten Rudolf, den Sohn einer weiteren Marie, Ende April und Mitte Mai in die ewige Finsternis. Auch Grabhügel sind für diese Sorte Toter natürlich nicht vorgesehen. Die müsste man wohl oder übel kennzeichnen, und daran besteht aus begreiflichen Gründen kein Interesse. Also flugs Erde hineingeschaufelt und oben wieder Wiese. War da was?

Zwölf Jahre danach, im März 1953, schlägt in seiner Datscha außerhalb von Moskau Josef Stalins letzte Stunde. Bald lassen sich seine ungeheuren Verbrechen selbst in der UdSSR nicht länger unter den Tisch kehren. Dass der üble Sowjetdiktator und Rudolf Haas weit über ein halbes Jahrhundert später auf eine Stufe gestellt werden, verdankt sich ursprünglich dem taktischen Geschick eines ehemals führenden Lokalpolitikers der freiheitlichen Gemeinderatsfraktion.

Und das kommt so: Als sich die schnell wachsende Kommune Sankt Pantaleon nach langem Hin und Her endlich dazu entschließt, das unübersichtliche Hausnummerngewirr durch Straßennamen zu ersetzen, und die Bevölkerung einlädt, Vorschläge zu übermitteln, geht per E-Mail auch eine auf den ersten Blick besonders abstruse Idee ein. Denn ausgerechnet vom rechten Rand wird vehement eine »Stalinallee« gefordert, weil der Antragsteller, wie er darlegt, gehört habe, es gebe auch andere Verfechter politischer Namenszuteilungen. Um die Bezeichnung »Allee« zu rechtfertigen, will der gute Mann auf eigene Kosten sogar fünf Blutbuchen am Straßenrand pflanzen lassen, denn die Gemeindekassa solle auf keinen Fall strapaziert werden. Ihm schwebt auch schon eine konkrete Verkehrsfläche für die Widmung vor, um, wie er ausführt, »den einen oder anderen Anwohner« zu erfreuen. Unter dem einen wie dem anderen Anwohner muss man sich, ohne dass sein Name fällt, wohl einen Schriftsteller vorstellen, der sich in seinem Werk mit dem Lagerkomplex von Weyer auseinandergesetzt hat. Die in Aussicht genommene Straße ist jene kurze Sackgasse, an der sein Haus liegt, neben dem schon eine junge Blutbuche steht.

Seine von älteren Damen aus dem Ort angeregten intensiven Recherchen hatten im Sommer 2000 am Ortsrand von Sankt Pantaleon direkt an der Moosach eine eindrücklich gestaltete, vom Land Oberösterreich sowie von der Gemeinde finanzierte Erinnerungsstätte für die Opfer der beiden weitgehend vergessenen NS-Lager Weyer zur Folge, und ein inzwischen gegründeter rühriger Verein kümmert sich jetzt ehrenamtlich um Gedenkfeiern und Öffentlichkeitsarbeit, Führungen und pädagogische Programme.

Rudolf Haas ist jener der etwa fünfhundert Lagerinsassen, dessen Leben am kürzesten währte. Auf die Welt gekommen und gestorben in Sankt Pantaleon, scheint dieser unschuldige Säugling nun dem Verein Erinnerungsstätte ein besonders würdiger Kandidat für eine Straßenbenennung, die symbolisch natürlich alle anderen Menschen einschließen soll, denen die nationalsozialistische Willkürherrschaft hier in dieser Gegend zum Verhängnis wurde.

Rechtzeitig vor der Befassung des zuständigen Gemeinderates mit den Wünschen der Bevölkerung reagiert jene Seite, die den Verein Erinnerungsstätte als linkslinken Verfechter politischer Namenszuteilungen zu enttarnen glaubt, mit dem Werbefeldzug für den sowjetischen Gewaltherrscher aus Georgien, dessen brutale Säuberungswellen bekanntlich selbst vor Wickelkindern nicht Halt machten.

Der für Verkehrsangelegenheiten zuständige sozialdemokratische Vizebürgermeister mochte sich schon im Vorfeld mit dem Ansinnen der Gedenkbewegten nicht recht anfreunden. Unter anderem bemängelte er in einer öffentlichen Ausschusssitzung, dass dieser Rudolf Haas für die Gemeinde offensichtlich nichts geleistet habe. Das unverhoffte Einlangen des Alleewunsches nimmt er jetzt zum willkommenen Anlass, dem Kommunalparlament dringend anzuraten, Benennungen nach Personen generell zu verbieten, weil das zu heikel sei. Gehe man nämlich auf den Vorschlag einer Rudolf-Haas-Straße ein, müsse man auch jenen einer Stalinallee akzeptieren, erklärt er laut Sitzungsprotokoll wörtlich und schart mit dieser Argumentation den Großteil der Mandatare um sich. Zwei Gegenstimmen und drei Enthaltungen fallen da kaum ins Gewicht. Die blutbuchengesäumte Stalinallee hat ihre Zwecke also erfüllt.

Kein vernünftiger Mensch vermochte sich ein solch unwürdiges Schauspiel auszumalen, als die Idee einer Rudolf-Haas-Straße aufkam. Trotzdem ist es mir bis zum heutigen Tag ehrlich peinlich, indirekt dafür mitverantwortlich zu sein, dass man mehr als sechzig Jahre nach dem Zusammenbruch des Dritten Reiches nicht davor zurückschreckte, diesen einem verbrecherischen Rassenwahn zum Opfer gefallenen Säugling, ein Kind Sankt Pantaleons, derartigen politischen Ränkespielen auszusetzen. Die verquere, zynische Logik des ressortzuständigen Vizebürgermeisters im Verein mit dem eindeutigen Abstimmungsverhalten der gewählten Volksvertreter demütigte Rudolf Haas, dem mit der beantragten Straßenbenennung wie allen im Lager Mitgestorbenen Respekt gezollt werden sollte, ein weiteres Mal. Mit diesem Eintrag möchte ich ihn um Vergebung bitten.

Zehntausende sogenannte Stolpersteine sind mittlerweile in vielen Ländern Europas verlegt worden. Sie wollen an die Opfer der nationalsozialistischen Barbarei erinnern, nicht kollektiv, sondern einzelnen konkreten Menschen gewidmet. Gewöhnlich sind sie, in die Gehsteige versenkt, vor deren letzten regulären Wohnadressen angebracht. Eine solche hatte Rudolf Haas wie andere in Weyer geborene Kinder nie. Deshalb findet sich seit August 2008 am Rand des ehemaligen Lagergeländes ein Satz von acht Stolpersteinen. Auf einem davon steht: RUDOLF HAAS – JG. 1941 – GEB. IM LAGER – 'LEBENSSCHWÄCHE' – TOT 5.5.1941 IM LAGER.

Haller, Edmund
Hamberger, Gottfried

Es gibt nur einen einzigen Menschen, der den Lagerkomplex Weyer-Sankt Pantaleon die ganzen anderthalb Jahre zwischen Juni 1940 und November 1941 von innen begleitet, also alles mitbekommt. Gottfried Hamberger, während des gesamten Zeitraums Verwalter und stellvertretender Lagerchef, ist auch der einzige Verantwortliche für das Zigeuneranhaltelager, der vor einem österreichischen Volksgericht Rede und Antwort stehen muss. Bei seinem Prozess geht es jedoch so gut wie ausschließlich um Gewalttaten im Arbeitserziehungslager sowie um seine illegale Mitgliedschaft bei SA und NSDAP im Ständestaat. Der Ex-SA-Sturmführer kommt aber letztlich doch nicht umhin, Angaben zu seinem weiteren Werdegang nach dem neunten Jänner 1941 zu machen. Dabei greift er zu seiner seit jeher stärksten Waffe, der Nebelgranate.

In Eggelsberg, einer ländlich geprägten Gemeinde an der Hauptstraße zwischen Braunau und Salzburg, kommt am zweiten Jänner 1899 wieder einmal ein Kind der Eheleute Franz und Maria Hamberger auf die Welt. Gottfried wird in sehr einfache Verhältnisse geboren. Der Vater, Sohn einer ledigen Mutter, schlägt sich als Tagelöhner durch. Seine Frau Maria wird in kurzen Abständen schwanger, nach Theresia ist das der zweite Bub hintereinander.

Gottfrieds Aufwachsen verläuft, soweit sich das rekonstruieren lässt, unspektakulär. Er besucht in Eggelsberg die Volksschule und erlernt schließlich das Maurerhandwerk.

Mit achtzehn zieht er in den bald verlorenen Weltkrieg. Anfang der Zwanzigerjahre lernt er seine zukünftige, etwas jüngere Frau kennen. Katharinas Elternhaus steht auf einem ringsum bewaldeten Höhenrücken unmittelbar neben der imposanten Wallfahrtskirche Hart in der Gemeinde Pischelsdorf am Engelbach. 1925 wird geheiratet, Gottfried Hamberger zieht zunächst bei den Schwiegereltern ein. Doch treibt ihn der Ehrgeiz, schon bald ein besseres Leben führen zu wollen, weswegen er erhebliche Schulden in Kauf nimmt, um sich in Pischelsdorf ein Einfamilienhaus leisten zu können, das er mit eigenen Händen erbaut.

Sehr früh, nämlich im Mai 1933, tritt er sowohl in die NSDAP als auch in die SA ein. Partei und Sturmabteilung wird er bis zum bitteren Ende 1945 eisern treu bleiben. Die weltumspannende Wirtschaftskrise hat den Maurer arbeitslos gemacht. Deshalb geht er, als Hitler dort bereits an der Macht ist und sich die ökonomische Lage im Deutschen Reich wegen der generalstabsmäßigen Vorbereitungen eines künftigen Aggressionskrieges schnell bessert, hinüber ins nahe Bayern, wo er bei einem Baumeister in Simbach am Inn Lohn und Brot findet. Politisch will er sich in den Jahren vor 1938 aber nie betätigt haben.

Das sehen manche Pischelsdorfer völlig anders. Während Gottfried Hamberger noch im Camp Marcus W. Orr der US Army in Salzburg einsitzt, dem sogenannten Lager Glasenbach, werden die Nachkriegsermittlungen der österreichischen Justiz gegen ihn anzulaufen beginnen. Anfang 1947 werden die befragten einstigen Mitbürger den Beschuldigten als seit langem fanatischen Nationalsozialisten beschreiben, der in den Tagen des Umbruchs offensichtlich dazu ausersehen war, mit markigem Auftreten die neuen Herrschaftsverhältnisse zu repräsentieren.

In perfekter SA-Montur nötigt er zum Beispiel den bisherigen Bürgermeister, sofort auf dem Gemeindeamt zu erscheinen und ihm die Kassaschlüssel auszuhändigen. Am ominösen dreizehnten März veranstaltet die SA außerdem einen Aufmarsch durch das Dorf, der von Gottfried Hamberger befehligt wird. Auf dem Gendarmerieposten geriert er sich überdies als die aktuelle polizeiliche Gewalt und lässt sich von seinen Untergebenen politische Gegner einzeln vorführen, um sie einzuschüchtern und abzumahnen.

Der örtliche Wagnermeister und Obmann des österreichischen Gewerbebundes will sich fast neun Jahre später an diese Begegnung noch genau erinnern können. Ihr waren vor dem Anschluss etliche heftige verbale Auseinandersetzungen zwischen den beiden Herren vorausgegangen. »Du wolltest ja«, habe Hamberger jetzt gehöhnt, »die SA mit der Gummiwurst, wenn es so weit gekommen ist, hinausjagen. Ich habe Lust, dich selbst mit der Gummiwurst zu prügeln, dass du nicht mehr aufstehst.« Es folgen einige weitere beängstigende Drohungen und kurz darauf eine von Hamberger persönlich geleitete, wenig rücksichtsvolle Hausdurchsuchung, bei der er unter anderem eine Reihe von Unterlagen sowie Stampiglien des Gewerbebundes beschlagnahmen lässt.

Bei seinem Prozess nach dem Krieg wird dem Angeklagten nichts Derartiges erinnerlich sein. In den Umbruchstagen sei er lediglich damit beschäftigt gewesen, Hakenkreuzfahnen anzufertigen und diese zu hissen. Nur formell sei er befördert worden. Dass ihm, dem einfachen, weitgehend unpolitischen SA-Mann, umgehend der SA-Sturm einhundertneunundfünfzig Strich vier provisorisch anvertraut wurde, habe ihn gehörig überrascht. Viel später erst sei er Rang um Rang geklettert, wird er sich mehr schlecht als recht verteidigen, trotzdem habe er zugegebenermaßen gleich von Anfang an die Uniform eines Sturmführers getragen, auch im Arbeitserziehungslager Weyer.

Mit fast vierzig sieht Hamberger für sich völlig neue Perspektiven. Was er selbst dazu tun kann, geht er mit großem Elan an. Als Sturmführer unterstehen ihm immerhin bis zu zweihundertvierzig Mann. Auch im zivilen Leben möchte er jetzt zügig vorankommen. Was im alten Österreich völlig aussichtslos schien, ist nun plötzlich Wirklichkeit geworden. Dynamischen, talentierten Männern, deren familiärer Hintergrund ihnen in der Jugend jede Chance auf Aufstieg durch Bildung verunmöglichte, werden nun selbst in vorgerücktem Alter Wege eröffnet, das Versäumte nachzuholen. Von dieser Warte aus betrachtet, kann ich Gottfried Hambergers Begeisterung für den Nationalsozialismus wenigstens bis hierhin gut nachvollziehen.

Das Maurerhandwerk hängt er deshalb an den Nagel. Kräftig unterstützt von der zwangsweise zusammengelegten Arbeitgeber- und Arbeitnehmervertretung im Dritten Reich, absolviert er erfolgreich eine betriebswirtschaftliche Ausbildung. Als Verwaltungsführer-Anwärter der Deutschen Arbeitsfront überträgt man ihm, auch das will er sich so nicht erwartet haben, im Juni 1940 gleich die Gesamtverantwortung für die technische Organisation des eben eröffneten Reichsgaulagers im Sankt Pantaleoner Ortsteil Weyer, wo er unter anderem für Anschaffungen von Geräten und Hauseinrichtung, für die Betriebskostenabwicklung, die Lohnverrechnung und die Verpflegung zuständig ist.

Solch eine segensreiche Institution ist nicht nur für leidenschaftliche Sadisten ein wahres Paradies. Das Kapitel zu Gottfried Hamberger scheint mir der ideale Ort zu sein, ein paar wenige Worte über den wichtigen Nebenaspekt Korruption zu verlieren. Im Lagerumfeld ist es keine Hexerei, Geld für sich abzuzweigen oder in dubiose Kanäle verschwinden zu lassen. Sankt Pantaleons gewitzter Bürgermeister Michael Kaltenegger zum Beispiel, der die gesamte Weyrer Liegenschaft einem unverschuldet in Not geratenen Gastwirt und Bauern zur Pacht abgepresst hat, verrechnet dem Gau Oberdonau gleich um die Hälfte mehr dafür, ein günstiges arbeitsloses Nebeneinkommen ist das.

Auch Gottfried Hamberger dürfte es aller Wahrscheinlichkeit nach nicht immer ganz so genau nehmen. Zwar werden verschiedene, am Ende der jeweiligen Zeugeneinvernahmen 1941 sorgfältig protokollierte Aussagen zu finanziellen Malversationen in Weyer im Verhältnis zu den entsetzlichen Gewaltverbrechen gering gewichtet und nie Gegenstand eines eigenen Gerichtsverfahrens sein, aber warum sollte sich ein soeben aus Mauthausen entlassener Häftling wie der Elektromonteur August Rössler, der sich absolut kein Blatt vor den Mund nimmt, prompt bald wieder verhaftet und im Jänner 1942 in Dachau zu Tode kommen wird, eine detaillierte Aussage wie diese aus den durch schwere Erfrierungen teilweise unbrauchbar gewordenen Fingern saugen? »Ich möchte schließlich noch anführen, daß ich den Arbeitslohn von 10 Wochen, nämlich den Lohn bis zu meiner Einlieferung ins Spital, noch guthabe. Der Sturmführer Hamberger hat meinen Lohn vom Wasserbauamt ausbezahlt erhalten, mir aber nur viermal 3 RM als Taschengeld ausbezahlt.«

Der Sägemeister Karl Gumpelmaier wiederum erhielt nur ein einziges Mal zwei Reichsmark Taschengeld, von denen eine Mark sechzig gleich wieder einkassiert wurden, und zwar für das Benutzen von Holzpantoffeln, zu dem die Häftlinge gezwungen waren. »Als Entlohnung erhielten wir 54 Rpf für die Stunde versprochen. Nach meiner Entlassung wurde mir ein Betrag von 51 Rpf zugesandt. Was mit dem anderen Geld geschah, ist mir nicht bekannt.«

Baurat Diplomingenieur Ewald Langeder ist es wichtig, seine Hände in Unschuld zu waschen. Zu solchen Vorhalten merkt er 1941 bloß an, der Stundenlohn habe tatsächlich vierundfünfzig Reichspfennig betragen, die Wochenarbeitszeit sei mit sechzig Stunden ohne Überstundenzuschlag festgelegt gewesen, die Gesamtentlohnung aller Insassen gegen Bestätigung jeweils der Lagerleitung ausgehändigt worden. Über die konkrete Verwendung der Beträge sei der Bauleitung keine Einflussnahme zugestanden.

Gauleiter Eigrubers schwammiger Erlass zur Organisation des Arbeitserziehungslagers eröffnete von vornherein jede Menge Spielraum für Buchhaltungstricks, denn »auf den Arbeitslohn werden die Kosten der Lagerverpflegung und besondere Kosten der Lagererziehung angerechnet«. Der verbleibende Restbetrag käme zugunsten der Eingewiesenen auf ein Sperrkonto. Das dürfte sich bei dem immensen Aufwand für qualitätvolle pädagogische Resozialisierungsprogramme leider nicht immer so recht ausgegangen sein. Vielleicht hat man auch damit gerechnet, dass sich nach einer gnadenweisen Entlassung kaum jemand Geldforderungen zu stellen getrauen würde, um nicht postwendend neuerlich in Haft genommen, zur Fortsetzung der Zwangsarbeit verdammt, weiter unbarmherzig misshandelt, gegebenenfalls getötet zu werden.

Wären solche Überlegungen das Kalkül von Lagerleitung und Verwaltung gewesen, dann hätten ihnen die völlig unerwarteten umfangreichen Ermittlungen der Justiz auch in Sachen kreative Buchhaltung einen dicken Strich durch die Rechnung gemacht. Ebenfalls nicht ganz auszuschließen eine dritte Option: Hamberger wirtschaftet vorsätzlich und ohne Wissen anderer in die eigene Tasche.

Später, im Zigeuneranhaltelager, wird es dann auch theoretisch keine Lohnkosten mehr geben, präziser ausgedrückt: Gottfried Hamberger wird zwar weiter vom Wasserbauamt überwiesene Einnahmen aus der Arbeitsstätte Ibm-Waidmoos in fünfstelliger Höhe verbuchen, Auszahlungen an jene Untermenschen, die diese harte Arbeit durch sieben Monate leisten, sind allerdings nicht verzeichnet, weil gar nicht vorgesehen.

Der »Unterhaushaltsplan Nr. 19 für das Zigeuneranhaltelager Weyer-St. Pantaleon des Reichsgaues Oberdonau« von 1941, also der offizielle Rechnungsabschluss, wird mit allerlei informativen Details aufwarten können, für deren Aufschlüsselung mutmaßlich ebenfalls der Verwaltungsbeamte Gottfried Hamberger verantwortlich zeichnet. So gibt es offenbar noch Rücklagen aus 1940, die er ganz selbstverständlich unter »Vermischte Einnahmen« verbucht, was die Kontinuität zwischen den beiden Zwangsarbeiterlagern auch offiziell unterstreicht, obwohl im zweiten nach außen hin die Kripo das Sagen hat. Hamberger scheut sich auch nicht, die verstörend geringen Ansätze für Lebensmittel, Körperpflege und ärztliche Erfordernisse dadurch zu beschönigen, dass er die durchschnittliche Zahl Internierter wahrheitswidrig mit zweihundertfünfzig angibt. In Wirklichkeit waren es wesentlich mehr.

Die abschließende Rubrik »Einmalige Ausgaben« verzeichnet eine geheimnisvolle »Absiedlung Hackenbuch« mit einem stattlichen Aufwand von zehntausendachthundert Reichsmark. Dahinter verbirgt sich das zwar angefangene, dann aber im Zuge der Kalamitäten vom Jänner schnell wieder aufgegebene Projekt einer noch viel größer dimensionierten Anstalt für Asoziale mitten im sechs Kilometer entfernten Ibmer Moor.

Unter dem Strich wird im dicken Rechnungsabschluss 1941, den auf dem Deckblatt das noch heute gültige Landeswappen von Oberösterreich ziert, für Weyer schließlich ein sattes Defizit von zweiundachtzigtausenddreihundertzwanzig Reichsmark ausgewiesen. Diesen immensen Abgang will der Gauleiter im nachhinein zum Gutteil den Fürsorgeverbänden umhängen.

Der gewöhnlichen Wachmannschaft, die tagsüber ihren Dienst an der Entsumpfungsbaustelle versieht, gehört Sturmführer Gottfried Hamberger jedenfalls nicht an. Aber auf dem Lagergelände selbst beteiligt er sich zum Ausgleich für die viele Büroarbeit im Sitzen hin und wieder durchaus gern an den beliebten Fitnessübungen der Aufseher, die zugleich wichtigster Bestandteil der für das arbeitsscheue Volksgenossenpack vorgesehenen Erziehungsmaßnahmen sind: exzessive Prügelstrafen. Nur ein einziges, allerdings ein besonders bezeichnendes dieser Vorkommnisse findet sich als zentraler, ausführlich erörterter Anklagepunkt in seinem Nachkriegsprozess.

Freimütig wird Hamberger 1948 bekennen, was ihn dazu motiviert hat, den achtundvierzigjährigen Häftling Edmund Haller bei der Weihnachtszüchtigung dermaßen zu traktieren. Der Mann ist schon seit dem Sommer im Lager und wiederholt Zielscheibe, wenn sich angetrunkene oder frustrierte Braunhemden abreagieren wollen. In der langen Liste von Straftaten, die SA-Truppführer Josef Mayrhofer 1941 angelastet werden, findet sich unter anderem dessen nächtlicher, im Schein der Taschenlampe gebellter Befehl an den schlafenden Haller, sich unverzüglich aufzuhängen, samt Überreichung eines dafür geeigneten Strickes.

Der Angesprochene schrickt auf, bekommt einen Schreikrampf, alle im ganzen Haus erwachen, Chaos in der

Stube. Diese Eskalation macht Mayrhofer zwar nicht völlig nüchtern, hält ihn aber doch davon ab, die Ausführung seiner Anordnung zu erzwingen. Es handle sich dabei um das Verbrechen der versuchten Mitwirkung am Selbstmord, beurteilt die Staatsanwaltschaft den beschriebenen Sachverhalt.

Hamberger zieht Edmund Haller, der in den Häftlingslisten etwas unbestimmt als Beamter geführt wird, immer wieder zur Unterstützung für die Büroarbeit heran. Im Dezember 1940 erreicht Herrn Haller an der Lageradresse eine Vorladung des Amtsgerichtes Wildshut. Es geht dabei um Alimentationsleistungen. Dass die unter den obwaltenden Umständen ausgeblieben sind, dürfte gerade für Hamberger nur allzu gut nachvollziehbar sein. Lagerkommandant August Steininger weigert sich, dem Haller für diesen Zweck begleiteten Ausgang zu gewähren. Er solle die Sache einfach vergessen. Edmund Haller weiß aber genau, dass er sich damit zusätzliche Schwierigkeiten einhandeln wird.

Am Tag der Vorladung ist Steininger abwesend, und Haller bekniet Hamberger nach dem Morgenappell, ihm die Wahrnehmung des wichtigen Termins doch bitte zu ermöglichen. Der stellvertretende Lagerführer lässt sich schließlich erweichen. Gegen Gelöbnis erlaubt er Haller sogar, wegen der momentanen Personalnot die paar Kilometer hinunter zum Amtsgericht ohne Bewachung allein zu marschieren. Ein solches Vorgehen ist von der Lagerordnung freilich nicht gedeckt.

Als August Steininger unerwartet in Weyer eintrifft, muss Hamberger ihm melden, dass er Haller ziehen hat lassen. Es folgt einer der berüchtigten Zornausbrüche des Kommandanten, der sofort zum Hörer greift und Haller von der Gendarmerie zurückstellen lässt. Außerdem sieht er ihn als Fixstarter für die geplante Prügelorgie am Heiligen Abend vor.

Vor dem Volksgericht wird Gottfried Hamberger argumentieren, er hätte sich wegen dieses Vorfalls Unannehmlichkeiten mit seinem Vorgesetzten eingehandelt, was ihn, als es ihm zufiel, Haller fünfundzwanzig Gummiknüppelhiebe auf das Gesäß zu versetzen, in eine erregte Stimmung versetzt hätte. Außerdem gälte es zu bedenken, dass er bereits die eine oder andere Flasche Bier intus gehabt hätte, als er damals ans Werk geschritten sei. Bei diesem allerersten, auf lächerlich wenige Anklagepunkte beschränkten Nachkriegsprozess in Sachen Weyer wird, man mag es kaum glauben, nur ein einziger Zeuge geladen sein. Sein Name: Edmund Haller.

Der hat mit Vorladungen, wie sich noch herausstellen wird, bereits mehrmals schlechte Erfahrungen gemacht. Dieser aktuellen wird er wegen seines inzwischen erfolgten Ablebens nun definitiv nicht nachkommen können. Es wird seinem Peiniger daher unwidersprochen gelingen, die Schläge von seinerzeit als harmlos darzustellen. Dem Delinquenten will er zum Beispiel gestattet haben, die Hose anzubehalten. Um seine grenzenlose Fürsorge für den Zögling und zeitweiligen Büromitarbeiter zu demonstrieren, wird der Angeklagte es sogar riskieren, vor Gericht einigermaßen lächerlich zu wirken: »Ich erkundigte mich nach der Züchtigung bei Haller, ob es ihm weh getan hätte und er sagte ›nein‹.« Seit dieser Zeit, so Hamberger abschließend, sei er mit Haller wieder sehr gut ausgekommen. Allerdings vergisst er hinzuzufügen, dass er kaum noch Gelegenheit hatte, diese ungewöhnliche Männerfreundschaft richtig auszukosten. Denn nur vierzehn Tage später wurde das Arbeitserziehungslager komplett geräumt.

Die grotesk schaumgebremsten Prügelschilderungen des Angeklagten entsprechen natürlich nicht der Wahrheit. Erst in späteren Gerichtsverfahren wird das überdeutlich werden, und zwar durch die Auftritte Dutzender Zeugen und ihre übereinstimmenden Berichte vom wahren Ausmaß der Weihnachtsbescherung sowie von wiederholten anderen nächtlichen Exzessen der alkoholisierten SA-Wachmannschaft. Der Name Gottfried Hamberger wird dabei wiederholt ins Spiel gebracht werden.

Wiewohl wegen eines Urlaubs des Kommandanten zwischen Weihnachten und Silvester 1940 alleinverantwortlich, sieht der stellvertretende Lagerführer keinen Anlass, aufs ausgelassene Feiern zu verzichten, und betrinkt sich auch an den Folgetagen regelmäßig. Am Stefanitag kehrt Hamberger mit seinem Saufkumpan Josef Mayrhofer erst um drei in der Früh an seine Wirkungsstätte zurück und sieht sich mit den schlimmen Folgen der enthemmten Attacken Alois Rothenbuchners gegen Josef Mayer konfrontiert. Außer Mithäftlingen aus dessen Stube zu befehlen, den blutüberströmten Sterbenden zu waschen und in einen separaten Raum zu tragen, unternimmt er nichts und legt sich schlafen.

Schon im ersten Amtsvermerk vom dreißigsten Dezember 1940 hält Oberstaatsanwalt Josef Neuwirth deshalb fest, er beabsichtige, nach Einlangen der Erhebungen auch gegen Gottfried Hamberger die Verhängung der Untersuchungshaft zu beantragen. Der seinem Rieder Untergebenen durchaus gewogene Linzer Generalstaatsanwalt wird ihm später aber anraten, Beschuldigte wie den Gaubeauftragten für Arbeitserziehung Kubinger und auch Gottfried Hamberger aus dem Verfahren auszuscheiden, um beim Reichsjustizministerium in Berlin in dieser heiklen Angelegenheit wenigstens die Anklage gegen die Haupttäter durchzubringen. Im Falle Hamberger sei mittlerweile festgestellt worden, dass er den Auftrag seines Vorgesetzten Steininger, die Prügelstrafe zu vollziehen, nicht übererfüllt habe. Im Klartext: Es handle sich bei den Hamberger angelasteten Züchtigungen um keine Tötungsdelikte, wie sie etwa den SA-Kollegen Alois Rothenbuchner oder Josef Mayrhofer vorgeworfen werden.

Der Verwalter kann als einziger SA-Angehöriger also auch im Zigeuneranhaltelager auf seinem Posten bleiben. Von groben Übergriffen dürfte er nunmehr absehen. Dort hat übrigens auch seine Schwester einen Arbeitsplatz gefunden, denn die große Mehrzahl der Internierten besteht jetzt aus Frauen und Kindern. Zumindest sie, wird Theresia Hamberger 1986 erzählen, begleitet im November 1941 die Überstellung der letzten gut dreihundert Sinti und Roma von Weyer nach Lackenbach, wo sie in den großen, insgesamt fünftausend Menschen umfassenden Sammeltransport ins besetzte Polen eingereiht werden.

Die Deutsche Arbeitsfront hat nach der Auflösung von Weyer eine Zeitlang keine Verwendung mehr für ihn, wird Gottfried Hamberger vor Gericht behaupten. Er verlegt den Verlust seiner Verwalterstelle allerdings auf Jänner 1941 vor und lässt somit das Zigeuneranhaltelager völlig unerwähnt. Zunächst habe er seinen Urlaub konsumiert, sei vorübergehend nach Pischelsdorf zurückgekehrt und erst ab Februar 1942 bis zum zwanzigsten April als Wirtschaftsführer im Zigeuneranhaltelager Waldegg tätig gewesen. Ein solches dürfte es aber nie gegeben haben.

Diese Ungereimtheiten lassen die Verantwortung des Angeklagten daher so klingen, als sei er schon seit Anfang 1941 mitten im Weltkrieg ein ganzes langes Jahr beschäftigungslos gewesen. Der Staatsanwalt wird aber nicht nachhaken. Die Zigeuner sind kein Gegenstand des Verfahrens und bleiben uninteressant. Wie den gänzlichen Verzicht auf unangenehme Zeugenladungen wird Gottfried Hamberger auch das mit Befriedigung registriert haben. Immerhin findet sich seine Unterschrift auf so heiklen Dokumenten wie dem Totenschein des Rudolf Haas, und er dürfte genau wissen, was mit den Weyer überlebenden Sinti nach der Deportation geschah. Gut möglich, dass er es seiner Schwester Theresia gleichgetan und den Transport zumindest bis Lackenbach begleitet hat. Sogar eine außerordentliche berufliche Herausforderung in Litzmannstadt bis zur frühen Liquidierung des Zigeunerghettos lässt sich keineswegs ausschließen. Da kann es nicht schaden, die eigenen Spuren prophylaktisch gehörig zu vernebeln. Wer weiß, was da noch kommt.

Viel weniger Kopfzerbrechen bereiten Gottfried Hamberger Auskünfte über die Zeit danach. Ihm bleibt es den ganzen Krieg hindurch erspart, den Waffenrock der Wehrmacht tragen zu müssen. Vielmehr wird er ins Umsiedlerlager Altmünster dienstverpflichtet, was auch den Umzug seiner eigenen wachsenden Familie an den Traunsee bedingt. In den frühen Neunzehnvierzigern ist er nämlich später zweifacher Vater geworden.

Kurz vor dem Ende der NS-Herrschaft hält er sich im Altreich auf und flüchtet vor den Alliierten heim nach Altmünster, wo er auf Dauer zu bleiben gedenkt. In Pischelsdorf will er sich offenbar nicht mehr blicken lassen, er wird wissen warum. Hamberger bemüht sich, ein betont unauffälliges Leben zu führen, arbeitet wieder als Maurer. Doch am dreizehnten Mai 1946 holt ihn seine Vergangenheit ein, als er von den Amerikanern verhaftet und nach Salzburg ins Lager Glasenbach verbracht wird, wo sich bereits unzählige andere NS-Täter tummeln. Er trifft dort in den nächsten vierzehn Monaten auch auf zwei seiner alten SA-Kumpane aus Weyer, August Steininger und Josef Wimmer. Josef Mayrhofer ist tot und Alois Rothenbuchner zum frühestmöglichen Zeitpunkt im Ausland untergetaucht.

Anfang September 1947 wird Hamberger den österreichischen Behörden übergeben. Die halten ihn weitere sechs Wochen im landesgerichtlichen Gefangenenhaus in Linz fest und setzen ihn dann bis zu Prozessbeginn im Juni 1948 auf freien Fuß. Nach Altmünster zu seiner Familie zurückgekehrt, muss Gottfried Hamberger sich um seine berufliche Zukunft keine großen Sorgen machen. Maurer sind jetzt gefragt wie selten. Der dortige Gendarmerieposten wird dem Volksgericht auf Anfrage bescheinigen, er sei im Ort als fleißiger und braver Arbeiter bekannt.

Das Schöffengericht zeigt sich trotz dieses erfreulichen Befundes absolut nicht geneigt, dem Angeklagten seine treuherzigen Beteuerungen abzunehmen, Edmund Haller mit dem Gummiknüppel fünfundzwanzigmal absolut schmerzfrei berührt zu haben. Er ist schuldig, das Verbrechen der Quälereien und Misshandlungen begangen zu haben. Er ist überdies schuldig, als illegaler Altparteigenosse und Angehöriger der SA, noch dazu im dafür erheblichen Rang eines Sturmführers, Handlungen aus besonders verwerflicher Gesinnung begangen zu haben.

Das ist die schlechte Nachricht, jetzt folgt die gute. Denn man könne, heißt es weiter, in diesem Fall vom außerordentlichen Milderungsrecht Gebrauch machen. Zur Begründung werden Hambergers Geständnis, seine Fürsorgepflicht, seine Unbescholtenheit sowie der Umstand angeführt, dass dem Angeklagten die Misshandlung des Haller heute leid tue.

Spätestens an dieser Stelle müsste Edmund Haller eigentlich sang- und klanglos aus meiner Erzählung verschwinden. Als blass gebliebenes Opfer von brutalen Straftaten der Herren Mayrhofer und Hamberger scheint er seine dramaturgische Aufgabe erfüllt zu haben. Doch gilt dies lediglich für das Volksgerichtsverfahren gegen den Lagerverwalter von Weyer, nicht aber für die vorliegende literarische Unternehmung, der ein völlig anderes Erkenntnisinteresse zugrunde liegt. Deshalb verabschiede ich mich vorläufig lieber von Gottfried Hamberger und wende mich auf den nächsten Seiten mindestens so intensiv seinem unfreiwilligen Büroassistenten zu.

Es fällt auf, dass ausgerechnet zu diesem Häftling weder in den Aktenstößen der Ermittlungen von 1941/42 noch in jenen der späteren Volksgerichtsprozesse nähere persönliche Angaben zu finden sind. Edmund Haller gehört – überraschend ist das im Hinblick auf seinen biographischen Hintergrund – nicht zu jenen vielen, deren dubiose Einweisungsgründe in den Vorhabensberichten und Anklageschriften von Josef Neuwirth ausführlich beleuchtet werden. Es wirkt, als würde der sonst so mutige Oberstaatsanwalt um Haller einen großen Bogen machen. Vor allem aber: In einem Land, das seine lange Geschichte hindurch auf Titel geradezu versessen war und den Doktortitel bis 1966 sogar als fixen Namensbestandteil ausweist, erwähnt lediglich ein einziges amtliches Schriftstück im Verfahrenskomplex Lager Weyer, dass es sich bei dem Mann ursprünglich um Doktor Edmund Haller handelte.

Dieses Schlüsseldokument stammt vom vierundzwanzigsten Jänner 1941 und kann, was Haller betrifft, leicht übersehen werden. Der verheiratete Hausbesitzer Thomas Huber berichtet darin als Zeuge seitenlang von seinen Wahrnehmungen an der Entwässerungsbaustelle. Er gehörte dort zu den Zivilbeschäftigten und erinnert sich gut an die Torturen, denen die Zwangsarbeiter ausgesetzt waren. So bedeutete es an sich schon eine ungeheure Kraftanstrengung, zu dritt den von ihnen mit einem dreiviertel Kubikmeter Erde beladenen Muldenkipper auf einem schrägen, temporär verlegten Gleis die Steigung bis zur Geländekante hinaufzuschieben. An der steilsten Stelle mussten sie dabei in der Regel einen dort plazierten Aufseher passieren, der mit dem Gummiknüppel wie wild auf den jeweils Schwächsten des Trios eindrosch. Ziel sei es gewesen, erläutert der Zeuge, das Gelingen des Aufschubs zu vereiteln, und häufig geriet das Gefährt tatsächlich außer Kontrolle, rollte zurück, kippte um, was weitere Bestrafungen zur Folge hatte.

Gegen Ende seiner Schilderungen kommt Thomas Huber auch auf den ermordeten Häftling Johann Gabauer zu sprechen. Er selbst habe diese tödlichen Quälereien nicht beobachtet, aber davon erfahren. Und das kam so: Offenbar muss Huber Edmund Haller persönlich gekannt und sich Sorgen um ihn gemacht haben: »Den anderen Tag kamen sie wieder, aber ohne Dr. Haller. Ich frug die anderen um Dr. Haller. Sie sagten mir, er ist bei der Leichenbestattung. Ich frug, wer gestorben sei, sie sagten mir der ›Gabauer‹.« Dass man einen Mithäftling als Trauergast eingeladen hatte, ist höchst unwahrscheinlich. Also dürfte Doktor Edmund Haller an jenem Augusttag zur Abwechslung wohl gezwungen gewesen sein, statt der Moosach ein neues Flussbett dem Johann Gabauer am Rand des Friedhofs von Sankt Pantaleon ein neues Grab zu schaufeln. Ihm als Totengräber eines Ermordeten über die Schulter schauen zu müssen, ist eine besonders befremdliche Vorstellung, wenn man weiß, welches Leben er geführt hat, als die Welt noch nicht völlig aus den Fugen geraten war.

Der Bankbeamte Edmund Haller gibt seinem am vierzehnten Oktober 1892 in der donaunahen Altstadt des noch selbständigen Urfahr von Gattin Johanna entbundenen Sohn die Vornamen Edmund Albert Johann. Als Taufpate fungiert mit dem Münchner Albert Kühbacher ein »k.bayr. Landesgerichtsrat« aus der Verwandtschaft der Großmutter.

Bei den Hallers handelt es sich um eine eingesessene, gutbürgerliche Familie. Ein bereits verstorbener Großvater des Neugeborenen zum Beispiel stammte aus Steyr. Adam Haller wirkte als Doktor der gesamten Heilkunde, wurde 1841 zweiter Linzer Stadtarzt und war eine Zeitlang auch als Mediziner im Gefängnis tätig. Während seiner Studienzeit in Wien pflegte er Mitte der Achtzehnzwanziger vertrauten Umgang mit dem Komponisten Franz Schubert. Johann Mayrhofer, ein gemeinsamer Freund und Textdichter von nahezu fünfzig Schubert-Liedern, hatte die beiden miteinander bekannt gemacht. Hallers Bericht über die vielen Abende, die Schubert und er zusammen verbrachten, fand übrigens Eingang in Otto Erich Deutschs berühmtes Buch über den Wiener Klassiker.

Materielle Sorgen werden Adams Enkelsohn in seiner Kindheit fremd bleiben. Nach der Volksschule findet man Edmund junior standesgemäß im altehrwürdigen k.k. Staats-Gymnasium zu Linz an der Spittelwiese. Das Studium der Germanistik und Geschichte führt ihn anschließend an die Universitäten Graz und Wien. Dem Kriegseinsatz entkommt der Student. Stattdessen arbeitet er intensiv an seiner Dissertation und wird 1917 promoviert. Die Doktorarbeit trägt den Titel *Die dramatische Theorie des »Sturmes und Dranges« und des »konsequenten Naturalismus«.*

Mit dem Schriftsteller und zeitweiligen Reichstagsabgeordneten Michael Georg Conrad, einer zentralen Figur der naturalistischen Bewegung, hat Haller auch danach noch brieflichen Verkehr. Dem Philologen und Herausgeber Eduard Zarncke wird er 1919 seine Mitarbeit im *Literarischen Centralblatt für Deutschland* anbieten. Bei dieser Gelegenheit erwähnt er auch seine Absicht, sich bald einmal für Neuere Literaturgeschichte habilitieren zu wollen.

Doktor Edmund Haller wohnt inzwischen in Wels und unterrichtet am dortigen Gymnasium. Von dessen Direktion stammt übrigens ein Empfehlungsschreiben an Professor Zarncke in Leipzig, der Haller tatsächlich einlädt, Beiträge für das *Centralblatt* zu liefern. Bald schickt er seine erste Rezension. Eine Bilderbuchbiographie ist das bis hierhin, denn es blieb offenbar auch Zeit genug für eine ernstgemeinte Beziehung.

Die Auserwählte, eine junge Frau aus Schärding am Inn, heißt Hermine Buchmayr. Sie trägt den gleichen Mädchennamen wie Hallers Mutter, vielleicht sind die beiden also verwandt. Auf einigen für den geplanten Bund der Ehe ausgefüllten Formularen firmiert der Bräutigam zutreffend als Gymnasiallehrer, seine Hermine, dem damaligen Usus entsprechend, aber lediglich als Steuer-Oberverwalterstochter.

Im Frühling 1918 soll es so weit sein. Aber da türmt sich ein Hindernis auf, denn der katholisch getaufte Herr Professor ist vor einiger Zeit, aus welchen Gründen immer, zum evangelischen Glauben übergetreten. Doktor Haller erbittet deshalb in einer handschriftlichen Eingabe bei der zuständigen Bezirkshauptmannschaft die »Vornahme des zivilen Eheaufgebotes im Sinne von Art. II, § 2 d. G. v. 25. Mai 1868, R.G.B. No. 47, da der kath. Pfarrer von Schärding am 25. II. 1918 das Eheaufgebot aus Gründen verweigert hat, die im Gesetze nicht enthalten sind«.

Tatsächlich bekrittelte der Gottesmann, die Brautleute hätten sich geweigert, die bei »Mischehen von der Hl. Kath. Kirche verlangten Kautelen zu leisten«. Diese juristischen Vorkehrungen sollten, vorsichtig formuliert, dazu dienen, künftige Kirchenrechtsprobleme zu vermeiden, und etwa den bereits mitbedachten gemeinsamen Nachwuchs verlässlich in katholische Bahnen lenken. Im gegenständlichen, vom Pfarrer gegenüber der Bezirksbehörde nicht näher erläuterten Fall dürften sie überaus weit ausgelegt worden sein.

Diese an sich völlig nebensächliche Episode gibt mir indessen Gelegenheit, zwei Eigenschaften des frischgebackenen Akademikers anzusprechen, die seinen weiteren Lebensweg charakterisieren werden, wenigstens auf absehbare Zeit. Edmund Haller ist die Genauigkeit in Person, ein fleißiger Mann, dessen Akribie nicht nur den Literaturforscher auszeichnet. Und er scheut sich nicht, Dinge beim Namen zu nennen, wenn er sich ungerecht behandelt fühlt.

Natürlich kann die Hochzeit stattfinden. Es dauert nicht lange, und Edmund Haller wird Vater einer Tochter. In den Zwanzigerjahren zieht er mit der Familie zurück nach Linz, denn seine Welt sind die Archive und Bibliotheken. Dort vergräbt er sich tage-, ja wochenlang, wenn es seine Zeit abseits des Unterrichtens erlaubt. Zwischen 1920 und 1935 publiziert er immer wieder längere Aufsätze, etwa im *Jahrbuch des oberösterreichischen Musealvereines* oder in *Heimatgaue*, einer Zeitschrift für oberösterreichische Geschichte, Landes- und Volkskunde. Auch in christlich-konservativen Tageszeitungen wie der *Reichspost* oder dem *Linzer Volksblatt* finden sich Artikel aus seiner Feder.

In diesen Veröffentlichungen spürt Edmund Haller zumeist alter bis sehr alter Literatur aus österreichischen Landen nach. Mit Vorliebe begibt er sich auf die schwierige Suche nach dem Verschütteten, dem Abseitigen. Ihm Tradierenswertes möchte er dem kompletten Vergessen entreißen, wie ich es zuweilen ja auch selbst halte, zum Beispiel mit der Person Doktor Edmund Hallers, und er plädiert zumindest indirekt für einen breiten Literaturbegriff ohne Dünkel.

»Ein Pritschmeister zu ›Lyntz am Urfer‹ im 16. Jahrh.« heißt solch eine unzeitgemäße Betrachtung des gebürtigen

Urfahraners. Unter dem berühmten Strich, der die Tagesaktualitäten – »Trotzky wandert aus«, »Cholera-Epidemie in Persien«, »Die gescheiterte Seebrüstungskonferenz« – vom Feuilleton trennt, kann man sie auf Seite eins des *Linzer Volksblatts* vom zehnten August 1927 nachlesen.

Unter Pritsche muss man sich in diesem Zusammenhang ein flaches Schlag- und Klapperholz vorstellen, das Aufmerksamkeit erregen soll. Halb ernst, halb komisch, gottbegnadeter Sänger und Possenreißer, Rezitator und Bänkelsänger, Harlekin und Klageweib sei der Pritschmeister bei Festen und Feiern gewesen, führt Edmund Haller die Leserschaft in eine ferne Vergangenheit, ein letzter fahrender Gelegenheitsdichter und später Nachfahre der Minnesänger, freilich für die breiten Volksmassen, darin der Meistersingerzunft vergleichbar. Die humanistische Gelehrtenpoesie und des Pritschmeisters niederschwellige Poeme ließen sich als literarische Pole der damaligen Zeit begreifen.

Mit sichtlichem Vergnügen stellt der Verfasser den Lesern Hans Weitenfelder aus Urfahr vor, seines Zeichens bürgerlicher Seiler und Pritschmeister, als solcher einmal in Klagenfurt zugegen, dann wieder in Wien oder sonstwo. Besonders erfolgreich sein 1573 in Augsburg gedrucktes Werk *Ein schöner lobspruch und heirats obred zu wien, wie man die weiber die zeit ihres lebens halten unnd ihnen aufwarten soll, damit sie lang schön bleiben und ihren männern nicht abgünstig werden.* Weitenfelder hat es ursprünglich für den eigenen Fasnachtsvortrag zu Papier gebracht.

Ein gewandtes, farbenreiches Kulturbild jener Tage böten diese vierhundertvier Verse, aus denen der Autor kurze Passagen zitiert: »an wein laß nit gebrechen, thuo mit ihr anhin zechen, biß um drey oder viere, darnach geh mit ihr spatzieren«. In Magdeburg bald nach Erscheinen zwar niederdeutsch, aber sonst wortwörtlich nachgedruckt, hat diese mild satirische Dichtung in einer populären Volksliedbearbeitung bis ins Jahr 1700 etliche weitere Auflagen erfahren, unter anderem in Basel und Wien.

Edmund Haller stellt – und das ist nur eine bescheidene Auswahl – »Das oberösterreichische Barocktheater« vor, er schreibt über die »Linzer Jesuitendramen«. Als Sonderdruck erscheint ein ausführlicher Aufsatz »Zur älteren Linzer Theatergeschichte«, es finden sich Dichterporträts von Michael Denis, Simon Rettenpacher, Thomas Brunner und anderen. Etliches von dem, was er in unermüdlicher Forscher- und Sicherungsarbeit leistet, ist zudem gar nicht für den Druck gedacht, so sein als Typoskript erhaltenes, umfangreiches »Verzeichnis der in der Kapuziner-Bibliothek zu Linz verwahrten historischen und geographischen Werke«, darunter die *Ney eröffnete trauer bühne der unglückhlichen begebenheiten von 1677 biß 1710 in der ganzen welt* von J. C. Beern.

Ein besonderer Arbeitsschwerpunkt des Germanisten Edmund Haller sind seine Veröffentlichungen zur teils volkstümlichen Passionsliteratur. »Die Karfreitagsspiele zu Heiligenkreuz«, »Die ›Uttendorfer Kreuztragung‹« oder »Oberösterreichische Passionsspiele« sind Beiträge dieser Art übertitelt, und es ist mir völlig unmöglich, sie ohne Hinschielen auf die eigene künftige Leidensgeschichte ihres Autors zu rezipieren.

In Zusammenhang mit den besonders expliziten, häufig über die Grenzen des Erträglichen gehenden Gewaltdarstellungen dieses christlichen Dramensegments notiert Haller in seiner selbst für die damalige Zeit etwas archaisierenden, umständlichen Art: »Wirken und erschüttern konnte in einem starknervigen Zeitalter, das an Vergehen und Sterben, an Folter und Tortur durch die alltägliche Berührung mit dem Leben gewohnt gewesen, nur das, was alles tatsächlich Geschaute und Miterlebte an Intensität übertrifft. Unbarmherzig war Folter und Tortur, der wesentliche Teil damaliger Rechtspflege, nicht minder schonungslos aber packte das Leben den Menschen allerorts und jederzeit an.«

Dem ist nichts, aber auch gar nichts hinzuzufügen, außer dass es statt einer bloßen historischen Nachbetrachtung prophetische Worte sind, deren Wahrheitsgehalt Doktor Edmund Haller als Zeuge der Martern seiner Mithäftlinge wie am eigenen Leib schmerzlich nachvollziehen wird.

Doch noch ist es lange nicht so weit. Aber schon jetzt folgen für ihn zu meinem Erstaunen stürmische Jahre, die ich trotz großen Rechercheaufwandes nur lückenhaft rekonstruieren kann. Alles beginnt damit, dass Hallers Ehe in die Brüche geht. Man einigt sich auf eine einvernehmliche Scheidung im März 1933 und die Unterhaltspflicht des Vaters für das gemeinsame Kind. Hermine Haller wird schon bald wieder heiraten.

Zwei Jahre später erscheint der letzte nachweisbare Zeitschriftenartikel des leidenschaftlichen Germanisten, und Doktor Edmund Haller kommt zur selben Zeit aus heiterem Himmel mit dem Gesetz in Konflikt. Eine große Sache kann es nicht gewesen sein, man verurteilt ihn nach dem Veruntreuungsparagraphen zu einer kurzen Gefängnisstrafe von zwei Monaten. Die Akten dazu sind leider verschollen. Wegen guter Führung wird er zwar bereits vierzehn Tage früher bedingt entlassen, aber selbst als nur gering Vorbestrafter verliert er nach damaligem Recht den akademischen Titel und vermutlich auch seine Stelle am Gymnasium.

Ist schon diese Geschichte reichlich mysteriös, darf man sich gleich weiter wundern. Edmund Haller wird nach Verbüßung seiner Strafe aus mir unbekannten Gründen entmündigt, was er bekämpft. Ende 1937 hebt die Behörde diese Entscheidung wieder auf.

Welcher Arbeit er in diesen Jahren nachgeht, bleibt im Dunkeln. Zusätzlich verdient sich der gelernte Lehrer etwas durch Privatstunden. Große finanzielle Sprünge kann er jedenfalls keine machen. Im Februar 1939 erwirbt er einen Photoapparat um siebenundsiebzig Reichsmark. Haller leistet eine Anzahlung und vereinbart mit dem Händler, den Rest in Raten zu begleichen. Im April verliert er nach eigener Aussage unerwartet seinen Posten und kann seine Schulden nicht mehr tilgen. Er sieht sich sogar gezwungen, die Kamera im Dorotheum zu versetzen. Das bleibt zwei Jahre folgenlos.

Was außer Zweifel steht: Irgendjemand hat, vielleicht schon länger, großes Interesse daran, Edmund Haller gänzlich zu ruinieren, ihn auf Dauer aus dem Weg zu schaffen. Denn am zwölften August 1940 wird er überraschend verhaftet und drei Tage darauf als arbeitsscheuer Asozialer nach Weyer überstellt, wo er nur eine Woche später als Totengräber für Johann Gabauer fungieren muss. Zu diesem Zeitpunkt liegt nichts gegen ihn vor.

Im Lager sieht er sich im Oktober mit einer Anzeige konfrontiert. Er habe sich am zwölften August bei einer Bekannten vierzig Reichsmark ausgeliehen und die Summe bisher nicht zurückgezahlt. Zufällig oder auch nicht war das exakt jener Tag, an dem er dann festgenommen wurde. Edmund Haller wird beim Amtsgericht Wildshut zur Sache einvernommen, weist auf diesen seltsamen Zusammenhang hin und betont, dass es ihm als Lagerhäftling unmöglich war, die vierzig Mark zurückzubringen. Er beteuert laut Protokoll, den Betrag nach seiner Entlassung sofort rückerstatten zu wollen.

Die nächsten Monate gehört Haller, wie Zeugen später aussagen werden, zu den bevorzugten Opfern der Wachmannschaft. Davon habe ich bereits ausführlich erzählt. Überstellt ins KZ Mauthausen, wo er als politischer Häftling eingeordnet wird und mit fünfhundertneunundsechzig die bei weitem niedrigste Häftlingsnummer der aus Weyer Angelieferten zugeordnet erhält, erlebt er im Februar 1941 die unerwartete Entlassung. Doch der Schutz, den die umfassenden Ermittlungen der Staatsanwaltschaft im Moment bieten, ist für Edmund Haller nur von kurzer Dauer.

Zufällig oder auch nicht erinnert sich der Photohändler zwei Jahre nach dem Kauf ausgerechnet um diese Zeit an die offenen Raten und zeigt Edmund Haller an. Im Kaufvertrag hat dieser, wie sich herausstellt, von seinem aberkannten Doktortitel Gebrauch gemacht, was einen zusätzlichen Anklagepunkt ermöglicht: Unberechtigte Führung eines akademischen Grades.

Die beiden Delikte kosten Edmund Haller ein halbes Jahr hinter Gittern, und auch wegen der vierzig ausgeliehenen Mark wird er verurteilt. Vom siebten Juni bis zum achtundzwanzigsten Dezember 1941 sitzt der inzwischen völlig aus der Bahn Geworfene die verhängten Strafen hintereinander ab, zuletzt die 1935 bedingt nachgesehenen Wochen.

Fast hätte ich in den vielen Dokumenten einen kleinen, aber höchst aufschlussreichen Vermerk übersehen: Im Dezember 1941 begehrt die Gestapo von der Haftanstalt Linz einen Bericht über die Führung des Strafgefangenen Edmund Haller. Es wird sich vermutlich nie mehr klären lassen, wieso man ihn als gefährlichen politischen Gegner qualifiziert und gnadenlos verfolgt. Entsprechende Aussagen oder Handlungen Hallers sucht man vergebens. Auch seine Tochter, die 1962 bei der Opferfürsorge einen erfolglosen

Antrag auf Haftentschädigung stellen wird, kann dazu keine zweckdienlichen Angaben machen, obwohl sie 1941 bereits erwachsen ist. Am elften November hat sie erfolgreich ihre Lehramtsprüfung für die Volksschule absolviert und tritt nun in die beruflichen Fußstapfen des Vaters.

Der aber hat keine Chance mehr. Es geht sofort wieder ab nach Mauthausen. Als politischem Häftling wird ihm am achten Juni 1942 eine Operation im Krankenbau zugestanden: »Kreuzschnitt und Entfernung der Nekrosen b/ Karbunkel am Rücken in Chlor-Ae-Aether«. Man wird wohl nicht fehlgehen, wenn man den partiellen Gewebstod und die Eiterbeulen auf Hallers Behandlung im Konzentrationslager zurückführt.

Mauthausen ist die vorletzte Station in Edmund Hallers eigener Passionsgeschichte. Am achten November 1942, kurz nach seinem fünfzigsten Geburtstag, überstellt man ihn als Schutzhäftling nach Dachau, er wird dort als Nummer neununddreißigtausendzweihundertneunzehn eingereiht. Fragen nach dem Warum erübrigen sich längst. In Dachau ereilt ihn am vierzehnten Jänner 1943 der Tod. Er habe, heißt es, an einem Darmkatarrh gelitten, Herz und Kreislauf sollen schließlich versagt haben. Seine Sterbeurkunde ist das letzte amtliche Schriftstück zu Edmund Haller, bis man ihn an der Adresse seiner geschiedenen, erneut verheirateten Frau wieder und wieder als Zeuge in den Volksgerichtsverfahren vorladen wird.

Dieses Stichwort führt mich endlich zu Gottfried Hamberger zurück. Am Ende seines Prozesses tut es dem Ex-Verwalter von Weyer 1948 also jetzt angeblich leid, den Edmund Haller gut sieben Jahre zuvor dermaßen geschunden zu haben. Wie schon erwähnt, trägt sein Reuebekenntnis laut Urteilsbegründung wesentlich dazu bei, dem Verurteilten das außerordentliche Milderungsrecht zuzugestehen.

Aus Sicht eines Nachgeborenen verblüfft diese auch in ähnlichen Verfahren häufig zu beobachtende Großzügigkeit der österreichischen Justiz stets aufs neue. Den meisten Zeitgenossen von damals muss sie dagegen mehr oder weniger selbstverständlich vorgekommen sein, hat doch das versöhnlerische Buhlen um die vielen Wählerstimmen der Nationalsozialisten, die 1949 wieder zur Urne schreiten dürfen, bereits eingesetzt. Dem Weyer-Aufseher und gelernten Schuster Ex-SA-Obertruppführer Josef Wimmer wird vom Volksgericht ein halbes Jahr nach dem Urteilsspruch in Sachen Hamberger gar ein geringer Intelligenzgrad als schwerwiegender Milderungsgrund bescheinigt werden. Wimmer wird diese an sich unfreundliche Charakterisierung verschmerzen können. Immerhin bringt sie ihm die sofortige Entlassung.

Die Strafbemessung orientiert sich meist auffällig an den jeweils anrechenbaren Vorhaftzeiten im relativ gemütlichen Salzburger US-Camp Marcus W. Orr und im darauf folgenden österreichischen Untersuchungsgewahrsam. Somit gilt auch die über Gottfried Hamberger verhängte schwere, verschärfte Kerkerstrafe von fünfzehn Monaten als bereits verbüßt. Schon am dritten Juni kann Hamberger bei seinem Dienstgeber in Altmünster die Arbeit wieder aufnehmen. Er hat lediglich einen Tag Urlaub investieren müssen.

Im nächsten Jahr ist Gottfried Hamberger nun selbst Zeuge im Linzer Gerichtssaal, als sich mit Alois Rothenbuchner einer der Haupttäter verantworten muss und, in erster Linie wegen der zweifelsfrei nachweisbaren Tötung des Josef Mayer, immerhin fünfzehn Jahre kassiert. Wieder wird auch ein gewisser Edmund Haller geladen und immer noch nicht auferstanden sein.

Der findige Alois Rothenbuchner wird den Freiheitsentzug übrigens wesentlich verkürzen, indem er sich 1954 in der Gärtnerei der Strafanstalt Garsten das letzte Glied des linken Zeigefingers abhackt, den Bundespräsidenten über seine schwere Verletzung im Strafvollzug informiert und ihn erfolgreich darum ersucht, aus diesem Leidensgrund gnadenweise die restlichen neun Jahre Haft erlassen zu bekommen.

Ich halte es für angebracht, mich von Gottfried Hamberger und in einem späteren Kapitel auch von Lagerchef August Steininger diskret zurückzuziehen, als sie die lästige alte Geschichte vor dem Volksgericht glimpflich hinter sich gebracht haben und es in Österreich wieder steil aufwärtsgeht. Beide Männer haben Nachkommen. Niemand von diesen Kindern und Kindeskindern hat es verdient, durch biographische Details ihrer Väter eventuell kenntlich gemacht zu werden. Gottfried Hamberger hat, als ich ihn im Jänner 1949 endgültig verlasse, soeben den fünfzigsten Geburtstag gefeiert. Vor dem Schöffengericht streiten da der Angeklagte Rothenbuchner und der Zeuge Hamberger ernsthaft darüber, ob sie im Lager mit Gummiknüppeln oder mit abgeschnittenen Gartenschläuchen zugedroschen haben.

Hambergers ältere, ledige Schwester Theresia nötigt mich aber doch zu einer alles Persönliche aussparenden Nachbetrachtung, weil sie selbst einen Schritt an die Öffentlichkeit setzt, der, was ihre Aussagen anlangt, nicht unwidersprochen bleiben darf. 1986 löst die Affäre Waldheim einen Boom kritischer Nachforschungen zur Zeitgeschichte aus, und die betagte Dame stellt sich einem jungen Politologen aus der Gegend als Zeitzeugin zu Weyer zur Verfügung. Der wiederum publiziert Gesprächsteile in einem kurzen Aufsatz.

Frau Hamberger wird in diesem Text neutral als Bedienstete des Zigeuneranhaltelagers vorgestellt. Es liegt nahe, dass der einflussreiche Bruder ihr zu dieser Beschäftigung verholfen hat. Sie ist sichtlich bemüht, die Legende vom Überleben der Sinti aufrecht zu erhalten, indem sie herausstreicht, nach dem Krieg von einer der internierten Zigeunerfamilien besucht worden zu sein. Das jedoch ist äußerst unwahrscheinlich und könnte einzig und allein Leute wie den überlebenden Teil der Bogners aus Kollerschlag betreffen, der noch vor der Deportation ins Ghetto Litzmannstadt entlassen wurde und das Glück hatte, auch späteren KZ-Transporten entgangen zu sein. Die Zahl des wenigstens theoretisch für solch einen Besuch in Frage kommenden Personenkreises ist minimal.

Weiters behauptet der Aufsatz, indem er sich ausdrücklich auf Theresia Hamberger beruft, dass Zigeuner aus Auschwitz-Birkenau nach Weyer geliefert wurden. Sie habe dem Autor die eintätowierten Nummern nachvollziehbar beschrieben. Eine direkte Überstellung, noch dazu gleich einer größeren Gruppe, kann aber definitiv ausgeschlossen werden, doch mag es in den allerersten Monaten des Bestehens von Auschwitz vorgekommen sein, dass jemand wieder entlassen wurde und schon bald darauf erneut ins Visier der Herrenmenschen geriet. Jedenfalls suggeriert Frau Hamberger mit ihrer Schilderung absichtlich oder unabsichtlich, Weyer sei Durchgangsstation vom Schlimmstmöglichen zum Besseren gewesen, zu dem offenbar auch das Ghetto gehörte, das dem Belag von Weyer als nächstes blühte. Das genaue Gegenteil war der Fall.

Darüber hinaus setzt Theresia Hamberger die Deportation, auf deren erster Etappe nach Lackenbach sie nach eigenen Angaben dabei war, im Jänner 1942 an, was nachweislich falsch ist, weil der Abtransport schon zwei Monate früher passierte. In ihrem Arbeitsbuch lässt sich allerdings nachlesen, dass sie vom neunundzwanzigsten Jänner 1941 bis zum fünfzehnten Februar 1942 im Zigeuneranhaltelager Weyer beschäftigt gewesen sei. Mag sein, es standen dort nach der Räumung noch umfangreiche Reinigungsarbeiten an. Wenn man aber eins und eins zusammenzählt, ihre falsche Terminangabe mit der Tatsache in Beziehung setzt, dass das offizielle Ende ihres Arbeitsvertrages kurz nach den letzten Zigeunervergasungen rund um das Ghetto Litzmannstadt liegt, bleibt einem nur die Hoffnung, dass Hambergers Schwester in Lackenbach tatsächlich kehrt machte und alles nur ein blöder Zufall ist.

Was allerdings die Umstände des Abschieds der Schlachtopfer aus Weyer anlangt, spielt das Gedächtnis der alten Dame sicherlich keinen Streich. Auch andere Zeugenaussagen bestätigen ihre Erinnerung, dass wegen des vielen Schnees Lastwagen vorfuhren, um die Insassen zum nächsten Bahnhof nach Bürmoos zu transportieren. Ursprünglich hätte man sie samt Gepäck und Kleinkindern die beträchtliche Strecke zu Fuß marschieren lassen wollen, ungeachtet der Tatsache, dass manche von ihnen keine Schuhe mehr besaßen.

Verstörend ist es, diesem in einer Fachzeitschrift erschienenen Aufsatz nirgendwo auch nur den geringsten Hinweis entnehmen zu können, dass die auskunftsfreudige Frau keine gewöhnliche Zeitzeugin ist, sondern als Schwester von SA-Sturmführer Gottfried Hamberger mit besonderer Vorsicht zu genießen. Da ich mir nicht recht vorzustellen vermag, dass der wissbegierige Autor ein wie immer geartetes Interesse daran gehabt haben könnte, den Zusammenhang zu verschleiern, liegt es wohl nahe, dass Frau Hamberger mit Bedacht darauf verzichtet hat, diesen doch recht bedeutsamen Umstand zu erwähnen.

Huber, Josef

Von den sanften Hügeln in seinem Norden gerät das ehemalige Lagergelände beim Wandern immer wieder in den Blick. Postkartenidyllisch liegt der Weiler mit dem überdimensionalen, etliche Jahrhunderte alten Wirtshaus, das Salzachschiffern und Fuhrleuten auch als Herberge diente, vor der prächtigen Kulisse des vierzig Kilometer entfernten Alpenpanoramas in eine Senke geschmiegt. Es war dem Sohn, damals noch ein Kind, schon in den Fünfzigern aufgefallen, dass der Vater bei Tagesausflügen in der Gegend wiederholt scheinbar beiläufig auf Weyer zu sprechen kam. Dort sei es arg zugegangen im Krieg, Mord und Totschlag, einfach furchtbar. Auch für seine Zunft sei das alles kein Ruhmesblatt gewesen. So oder so ähnlich habe sich der Vater ausgedrückt. Kryptische Bemerkungen seien das gewesen, geheimnisumwittert, schauderlich. Und stets habe er das Gefühl gehabt, der Vater spräche davon mehr mit sich selbst als zu seiner Familie. Es hat sich nie jemand nachzufragen getraut.

Jetzt aber, bei einem der letzten Besuche des weit vom Zuhause der Kindheit lebenden Sohnes, bricht es aus Doktor Josef Huber heraus. Der ist mittlerweile ein sichtlich gealterter Mann, mehrere schwere Erkrankungen plagen ihn gleichzeitig. Am meisten leidet er an einer fast vollständigen Erblindung beider Augen. Grüner Star. Inoperabel, heißt es. Die körperlichen Einschränkungen haben ihn melancholisch, zuweilen depressiv werden lassen, er kann nicht mehr lesen, einfach hinauswandern in die geliebte Natur, Reisen unternehmen, die Runden der CV-Brüder in Salzburg besuchen.

Den Rosendoktor nennen ihn manche im Dorf, weil er viel Zeit damit zubrachte, die Stöcke im Garten zu veredeln und ihnen, genau wie seiner Kundschaft, die bestmögliche Behandlung angedeihen zu lassen. Sie lohnten es ihm mit ihrer Blütenpracht. So lange es irgend ging, hat er die Ordination für mit ihm in die Jahre gekommene Stammpatienten an gewissen Tagen aufgesperrt gehalten. Da ist sich immer auch das eine oder andere Schwätzchen ausgegangen. Alles vorbei. Nun fällt ihm, dem Mediziner mit Leib und Seele, oft die Decke auf den Kopf, in dem sich Bilder von früher mehr und mehr Platz erobern.

Der Sohn wird sich nur an diese eine Gelegenheit erinnern können, bei der er sich mit dem Vater allein im Haus seiner Kindheit aufhielt. Josef Hubers wesentlich jüngere Frau kümmert sich gewöhnlich intensiv um den alten Herrn. Aber heute, an einem schwülen Spätsommernachmittag, hat sie einige unaufschiebbare Besorgungen zu erledigen.

Lamprechtshausen ganz im Norden des Bundeslands Salzburg ist ein Ort mit Geschichte. Beim gescheiterten Putsch der Nationalsozialisten gegen den österreichischen Ständestaat im Juli 1934, der den Kanzler am Wiener Ballhausplatz das Leben kostete, kam es hier zu heftigen Gefechten mit dem Bundesheer. Auf beiden Seiten gab es Tote. Der damalige Gemeindearzt war einer der führenden Aufständischen.

Gern einmal lenkt Hubers historisch interessierter Sohn Rupert das Gespräch auf die dunklen Zeiten in Lamprechtshausen, wo er wenige Tage vor Kriegsende geboren wurde. Dass es Doktor Josef Huber überhaupt hierher verschlagen hat, verdankt sich der überstürzten Flucht seines Vorgängers heim ins Reich des Adolf Hitler nach dem gescheiterten Umsturzversuch. Vater und Mutter wissen zwar viel über die dramatischen Geschehnisse von 1934, die involvierten Familien und die Auswirkungen auf das Leben im Dorf. Aber nur Erzählungen über das Klima nach dem Putsch beruhen auf eigener Anschauung, alles andere ist Wissen aus zweiter Hand, das sie nun an ihre Kinder weitergeben.

Kann sein, dass der alte Mann über den Umweg 1934 plötzlich auf jene Nacht vor ziemlich exakt siebenunddreißig Jahren zu sprechen kommt, die ihn sein restliches Leben lang schwer belastet hat. Kann aber auch sein, dass er völlig ansatzlos davon zu reden beginnt, wie er kurz vor dem Zubettgehen ein heftiges Klopfen an der Haustür vernahm und einem SA-Mann die Tür öffnete, der sich für die späte Störung höflich entschuldigte, ihm zwei Formulare unter die Nase hielt und meinte, er brauche nur schnell Unterschriften. Der Lagerarzt sei nämlich momentan nicht greifbar.

Mir kommt das bis zum heutigen Tag immer wieder hoch, schließt Josef Huber seine Schilderung. Der Sohn meint, aus Vaters Stimme ein leises Beben herauszuhören. An einen derartigen Gefühlsausbruch seines Gegenübers kann er sich nicht erinnern. Doktor Huber atmet jetzt schwer, dann steht er auf und tastet sich zum gekippten Wohnzimmerfenster, stützt die Arme auf das Fensterbrett, als wolle er hinausschauen. »Schlimm«. Kaum merklich nickt er mehrmals leicht, und dann wiederholt er: »Schlimm«. Der Sohn wird dieses Bild für immer speichern. Die leicht gebeugte dunkle Vatergestalt von hinten mit den vom Körper gestreckten Armen, eingerahmt vom hellen Tageslicht, die Pause, die jetzt eintritt. Erst Tage später wird es Rupert plötzlich einfallen, dass das Lagergelände in der verlängerten Blickrichtung dieses Fensters situiert war.

Vielleicht ist es die falsche Entscheidung, in dieser alphabetischen Aneinanderreihung von Lebensgeschichten, die mit Weyer zu tun haben, den wichtigen Bereich Medizin durch Josef Huber abzudecken, der mit dieser Terrorstätte wahrscheinlich nur ein einziges Mal direkt in Berührung gekommen ist, und nicht durch seinen Kollegen Alois Staufer, den offiziellen Lager- und Gemeindearzt von Sankt Pantaleon. Doch der geistert ohnehin in verschiedenen Rollen durch die meisten Kapitel dieses Buches. Als widersprüchlicher Dreh- und Angelpunkt ist er zudem mit leicht verändertem Namen an vielen Ecken und Enden meines Dokumentarromans *Herzfleischentartung* präsent.

Dieser Doktor Staufer ist ohne Zweifel eine außergewöhnlich schillernde Gestalt, ein energiegeladener politischer Mensch, der sich zwar problemlos mit den jeweils Mächtigen arrangiert, aber doch eigene, zuweilen sogar erstaunlich mutige Akzente setzt. Als eingetragener Parteigenosse scheut er sich etwa nicht, Oberdonaus NSDAP durch eine alarmierende ärztliche Diagnose in Sachen Weyer und die ihr folgende Anzeige aus seiner Feder in eine ihrer schwersten Krisen zu stürzen. Andererseits hat er offenbar keine Bedenken, als wortgewaltiger NS-Gemeinderat Sankt Pantaleons für säuberlich protokollierte Einweisungen von Dorfbewohnern ins Konzentrationslager und nach Hartheim zu stimmen.

Noch im Mai 1937 war es dem begüterten Mediziner dagegen durchaus recht, seine Villa samt Garten im Salzburger Stadtteil Nonntal an die Familie von Stefan Zweig zu vermieten, den damals längst berühmten Schriftsteller jüdischer Abkunft. Zweig selbst, nicht nur von den Nazis angefeindet, hatte es zu diesem Zeitpunkt bereits vorgezogen, im britischen Exil vor Anker zu gehen. Seine Frau wollte mit ihren Töchtern jedoch vorläufig in Österreich bleiben.

Ein anpassungsfähiger Mensch wie Alois Staufer hat nach 1945 natürlich nur wenig Mühe, sich geschwind wieder in einen lupenreinen Demokraten zu verwandeln. Auf seinen Rat hört man in Sankt Pantaleon nach wie vor, schnell entwickelt er sich zum einflussreichsten Politiker der mit absoluter Mehrheit ausgestatteten Österreichischen Volkspartei im Gemeindeparlament.

Um 1950 lenkt er zum Beispiel ein ehrgeiziges Projekt, das völlig aus dem Ruder zu laufen droht, mit sicherer Hand in geordnete finanzielle Bahnen. Dabei handelt es sich um das neue, gewaltig dimensionierte Kriegerdenkmal an zentraler Stelle gegenüber von Schule und Kirche. Unter der überlebensgroßen, pathosgetränkten, von der üblen Ästhetik des Dritten Reiches charakterisierten Metallplastik eines schwer bewaffneten, in ebendieser Sekunde von einer feindlichen Kugel hinweggerafften, stürzenden Wehrmachtssoldaten verzeichnet der breite Sockel alle Namen aus Sankt Pantaleon stammender Gefallener und Vermisster der beiden Weltkriege in goldenen Lettern.

Die zumeist von ihm selbst beurkundeten Toten aus den beiden Lagern sind Alois Staufer dagegen keine öffentliche Erwähnung wert, außer er sieht sich wieder einmal genötigt, den weiten Weg nach Linz auf sich zu nehmen, um bei einem der Prozesse gegen die Aufseher von Weyer als Zeuge auszusagen. Doch selbst bei solchen Gelegenheiten wird es der Herr Doktor nicht der Mühe wert finden, sich wenigstens die Namen der am schlimmsten Gefolterten korrekt zurück ins Gedächtnis zu rufen. So glaubt er sich vor Gericht etwa an die Ermordeten Ennsbauer und Adelsberger erinnern zu können, die in Wirklichkeit Ennsthaler und Atzelsberger hießen.

Doktor Josef Hubers Name hingegen findet sich in keiner der mir vorliegenden, tausende Seiten umfassenden Justizquellen zu Weyer. Erst ganz zum Schluss wird er seine biographische Schnittstelle mit dem Unerträglichen einem der Söhne anvertrauen.

Mettmach ist ein Bauerndorf in der Nähe von Ried im Innkreis. Im Weiler Katzenberg nordöstlich des Ortszentrums haben die Hubers auf einem Hügel ihren Hof. Der 1902 geborene Josef ist eines von sieben Geschwistern. In erster Linie die bildungsorientierte Mutter macht sich stark dafür, dass alle Kinder weiterführende Schulen besuchen dürfen, von der Agrarfachschule bis hin zur Lehrerbildungsanstalt.

Dass die Landwirtschaft nicht wirklich Josefs Welt ist, zeigt sich schon früh. Der Bub ist eine wahre Leseratte. Wenn der Zehnjährige mit dem Ochsengespann gemächlich die Holzfuhren aus dem ein gutes Stück entfernten Kobernaußerwald dirigiert, wo die Hubers ihren Forstbesitz haben, liest er immer in einem Buch. Da kann es schon einmal passieren, dass er eine Abzweigung verpasst, denn die Rindviecher finden ihren Weg nicht von selbst.

So einer eignet sich am besten zum Priester. Die Matura besteht Josef nach einigen Gymnasialjahren in Ried als Internatsschüler des Linzer Petrinums. Zum Studieren wechselt er nach Wien, wo ihn eine Tante, Ordensfrau in einem katholischen Krankenhaus, unter ihre Fittiche nimmt. Schon nach einem Semester Theologie ist ihm jedoch klar, dass er nicht nur der holden Damenwelt wegen auf der falschen Fährte ist. Die aufgeschlossenen Eltern legen ihm keinen Stein in den Weg, als er sie wissen lässt, dass seine Berufung die Medizin sei.

Bereits während des Studiums kann er sich auf Vermittlung der Tante als Gehilfe in der Prosektur des Spitals etwas dazuverdienen. Dabei entdeckt er seine Neigung zu diesem sehr speziellen Gebiet der Heilkunde. Er möchte sich sogar zum Gerichtsmediziner ausbilden lassen, aber Franziska, die er bald heiraten wird, stellt sich entschieden dagegen. Kennengelernt hat er die junge Frau, Tochter eines Flachgauer Unternehmers und Nationalratsabgeordneten der Christsozialen, über den Cartellverband, die katholische Kaderschmiede.

Seine erste Stelle als Allgemeinmediziner tritt Huber in Waldhausen direkt an der Grenze zwischen Mühl- und Waldviertel an, doch in dieser abgelegenen Gegend möchte er, vor allem aber Franziska, nicht alt werden. In Wien hat er die Vorzüge des reichen Kulturlebens, die Anerkennung im CV genossen. Von Hallein, der nächsten beruflichen Station, sind es nur wenige Kilometer hinaus nach Salzburg, dort fühlt er sich wesentlich wohler.

In Hallein erhält er zusätzlich einen Vertrag als Bahnarzt. Das erste Kind kommt. Josef Huber ist zufrieden, ihm kann der wirtschaftliche Niedergang im Land materiell nur wenig anhaben, jedenfalls im Vergleich zur alarmierend steigenden Zahl Bettelarmer. Zeit seines Lebens leistet er es sich, Bedürftige, die nicht versichert sind und kein Geld fürs Honorar aufbringen können, trotzdem zu behandeln.

Christlich-sozial geprägt, verkehrt Doktor Huber im Ständestaat bald in den besseren Kreisen der Mozartstadt. Der dringenden Bitte von Landeshauptmann Franz Rehrl, die vakante Ordination im putschgezeichneten Lamprechtshausen zu übernehmen, entspricht er auch deshalb, weil er das Haus seines Vorgängers, von der Gemeinde weitgehend ausfinanziert, günstig erwerben kann. Für die wachsende Familie bedeutet das eine deutliche Verbesserung ihrer Lebensumstände.

Dann kommt es zum Umbruch, der in Lamprechtshausen ganz spezielle Konsequenzen mit sich bringt. Die beim Putsch vor vier Jahren umgekommenen Nationalsozialisten werden zu überregional gefeierten Märtyrern stilisiert. Umgehend wird eine riesige Freiluftarena aus dem Boden gestampft, um jene Publikumsmassen aufnehmen zu können, die in den Genuss der alljährlichen Aufführungen eines pathetischen Theaterstücks aus der Feder des späteren SS-Hauptsturmführers Karl Springenschmid kommen sollen, das den Opfertod der Putschisten zelebriert und die noch lebenden jungen Männer auf einen ebensolchen einstimmen will.

Nach den Vorstellungen der neuen Machthaber soll *Das Lamprechthausener Weihespiel* den beliebten *Jedermann* auf dem Salzburger Domplatz ersetzen, aber schon nach zwei Saisonen hat es durch den Kriegsausbruch ein jähes Ende damit. 1939 wird für Josef Huber auch jenseits des einsetzenden Weltenbrandes ein entscheidendes Jahr. Die ersten drei Kinder hat Franziska zuhause geboren, beim vierten begibt sie sich ins Krankenhaus und stirbt an einer Sepsis.

Der Lamprechthausener Briefträger hält ein an Doktor Huber adressiertes amtliches Schriftstück tagelang zurück. Erst nach dem Begräbnis seiner Frau und der folgenden Totenzehrung im Dorfwirtshaus händigt er dem jungen Witwer den Einberufungsbefehl aus. Doch der NS-Bürgermeister sorgt umgehend dafür, dass dem Gemeindearzt wenigstens das Soldatentum erspart bleibt. Huber hat eine ledige Schwester, die als Köchin in Ried arbeitet. Sie übersiedelt jetzt nach Lamprechthausen, führt den Haushalt und kümmert sich um die Kinder. Das Leben muss weitergehen.

Dann, im August 1940, klopft es spätabends heftig. So einfach geht das nicht, erklärt Doktor Huber dem SA-Mann, es gebe zwingende Vorschriften, Todesursachen könne er nur aus eigener Anschauung bestätigen. Ganz ausgeschlossen, schüttelt da der ungebetene Gast den Kopf, Fremde dürften das Lager unter keinen Umständen betreten. Dann tue es ihm leid, beharrt der Arzt und will die Haustür schließen. Ob er kurz telefonieren könne, fragt der Uniformierte, bei dem es sich wohl um den für Personenstandsfragen zuständigen Verwalter, SA-Sturmführer Gottfried Hamberger handeln dürfte. Nach Rücksprache ist es plötzlich doch möglich, dass Doktor Huber sich auf sein Motorrad schwingen und hinter dem Abgesandten herfahren darf. Bis zum Lager sind es nur wenige Kilometer.

Im Schein seiner Taschenlampe stellt der Fachmann schnell fest, dass der angeblich an einer Lungenentzündung Verschiedene, ein auffallend schmächtiger, nicht mehr junger Mensch, schwere Verletzungen aufweist. Fremdverschulden sei nicht auszuschließen, erklärt Doktor Huber, eine Obduktion deshalb unumgänglich, aber die ließe sich ordnungsgemäß erst bei Tageslicht vornehmen. Gleich in der Früh werde er zurückkommen. Die Männer in den braunen Uniformen lassen nichts unversucht, ihn umzustimmen, aber der Arzt bleibt stur. Zuhause kann er nicht gleich schlafen gehen, dazu ist er viel zu aufgewühlt.

Nach einer Weile erneut heftiges Trommeln an Hubers Haustür: Es ist der SA-Mann von vorhin, er habe eine Botschaft für ihn. Huber lässt ihn eintreten. Die beiden Männer sitzen einander schräg gegenüber, als der Aufseher demonstrativ seine Pistole auf den Tisch legt und ohne Umschweife auf Hubers jüngst verstorbene Frau zu sprechen kommt. Ob er es vor sich verantworten könne, dass die vier kleinen Kinder jetzt auch noch den Vater verlieren. Er lässt offen, ob er damit auf einen Fronteinsatz anspielt oder gar auf Dachau oder Mauthausen. Das sitzt. Die geplante Autopsie solle er sich also besser aus dem Kopf schlagen. Mit lächerlichen zwei Unterschriften wäre die leidige Sache elegant aus der Welt geschafft, niemand würde je etwas erfahren. Dann zieht er die Formulare aus der mitgebrachten Mappe. Er legt sie neben die Pistole.

Da gibt es nichts mehr zu diskutieren. Doktor Huber hat verstanden, wie der Hase läuft. Er hat sich nach Kräften gewehrt, nun bleibt ihm keine andere Wahl, als der Erpressung nachzugeben. Es ist schon Mitternacht vorbei, als er endlich seinen Namen unter jene Dokumente setzt, die Johann Gabauers angeblichen Pneumonietod amtlich machen.

Den Kopf in den Sand zu stecken, das kommt für Josef Huber trotzdem nicht in Frage. Regelmäßig hört er zum Beispiel spät in der Nacht, wenn die Kinder alle endlich schlafen, verschiedene Feindsender. Als ehemaliger Bahnarzt kennt er Eisenbahner aus dem Widerstand, die ihm unter anderem auseinandersetzen, wie es drüben in Weyer zugeht, nämlich brutaler von Tag zu Tag. Um sich aktuelle Informationen zu beschaffen, nimmt er in Abständen den Zug nach Salzburg, darf er, wenn gewisse Lokführer Dienst haben, auf dem Führerstand mitfahren, wo ein steter Geräuschpegel herrscht und keine unerwünschten Lauscher gefährlich werden können. Inzwischen hat er auch eine mutige junge Fürsorgerin kennengelernt, die mit allen Mitteln versucht, Leben zu retten, denn Menschen mit Behinderung werden abgeholt und verschwinden einfach.

Die beiden vereinbaren ein Codewort. Wenn Maria es am Telefon fallen lässt, ist Gefahr im Verzug, und die beiden treffen einander so schnell wie möglich. Dann braucht sie zum Beispiel dringend eine ärztliche Bescheinigung, dass man bei einem Kind lediglich von einer gewissen Entwicklungsverzögerung ausgehen müsse. Oder es steht ein unaufschiebbarer Patientenbesuch bei einem aus gutem Grund versteckten Mongoloiden an, vielleicht sogar in einem fremden Ärztesprengel. Das kann nur spätabends geschehen, und Huber tastet sich vorsichtshalber jeweils das letzte Stück ohne Scheinwerfer durch die Dunkelheit. Maria Exner und Josef Huber riskieren viel. Das schweißt zusammen.

Mit der Zeit wird mehr daraus. Bis sich die beiden das zugestehen, dauert es allerdings. Das verschworene Duo hat wechselseitig eine innige Zuneigung entwickelt, für Josef fühlt sie sich freilich anders an als die zu Franziska damals. Von rasender Verliebtheit keine Spur. Vielleicht hat das auch mit dem zunehmenden Alter zu tun. Aber die fünfzehn Jahre jüngere Maria spürt es ganz ähnlich, mag sein, dass für sensible Menschen die Zeiten danach sind. »Wir haben einander von Herzen gern gehabt, sehr, sehr gern«, wird die Mutter es nach Vaters Tod dem Sohn gegenüber formulieren.

In der aus den Fugen geratenen Welt draußen muss man höllisch aufpassen, jedes Wort auf die Waagschale legen. Schon von den beiden Hebammen ist die eine glühende Nationalsozialistin, die andere ganz und gar nicht. Josef Huber bemüht sich, auch mit den vielen Nazis gut auszukommen, nur ja keinen Verdacht zu erregen.

Dass er von der überhasteten Schließung des Arbeitserziehungslagers in Weyer nichts mitbekommt, ist mehr als unwahrscheinlich. Möglich indessen, dass ihm Oberstaatsanwalt Neuwirths Bemühungen entgehen, die SA-Wachmannschaft hinter Schloss und Riegel zu bringen, Zeugen für die Atrozitäten zu finden, die er untersucht. Gut denkbar aber auch, dass Huber es bewusst vermeidet, sich zu exponieren, um in seinem Wirkungskreis wenigstens in beschränktem Umfang relativ ungestört weiter behilflich sein zu können. Nicht zu vergessen die eigenen Kinder. Die unverhohlene Drohgebärde des nächtlichen Braunhemdenbesuchs steckt ihm noch lange in den Knochen. Für Huber wäre es sicherlich eine große Gewissenserleichterung, wüsste er, dass Neuwirth längst weiß, wie der Häftling Johann Gabauer tatsächlich endete. Lange steht sogar eine entsprechende Anklage im Raum.

Maria und Josef treten noch im Krieg vor den Traualtar. Bis 1960 werden nacheinander sechs gemeinsame Kinder geboren werden, das macht insgesamt zehn für Doktor Huber. Warum er zu den Nachkriegserhebungen in Sachen Weyer, von denen die wieder freien Medien ausführlich berichten, keinen Beitrag leistet, bleibt eine offene Frage.

Rupert, dem ältesten Sohn aus zweiter Ehe, verdanke ich einen Großteil meines Wissens zu diesem Kapitel. Nach dem Tod des Vaters wird er seine Mutter mit der Geschichte jenes denkwürdigen Nachmittags konfrontieren, an dem Josef Huber ihm gegenüber sein Herz ausschüttete. »Davon hat er mir nie etwas erzählt«, wundert sie sich. Ihre Versuche, Publikationen zu Weyer aufzutreiben, schlagen fehl. Also beschließt sie, selbst herauszufinden, was sich im benachbarten Oberösterreich damals wirklich zugetragen hat.

Die Hubers haben, nicht zuletzt der vielen Kinder wegen, einen ausgesprochen großen Freundes- und Bekanntenkreis. Sohn Wolfgang aus erster Ehe, der Theologie und Psychologie studiert hat und in Salzburg arbeitet, machte die Eltern unter anderem mit der dort lehrenden Historikerin Erika Weinzierl und ihrem Mann bekannt. Maria Huber fragt an, ob sie bereit wäre, mit ihr drüben in Sankt Pantaleon Nachforschungen anzustellen. Sie habe einen älteren Herrn gefunden, der viel Ahnung habe und Auskunft zu geben bereit sei.

Weinzierl hat großen Anteil daran, dass die schönfärberische Nachkriegssicht auf die jüngere Vergangenheit allmählich einer differenzierteren, schonungslosen Betrachtung weichen muss. Sie zeigt sich interessiert. Ende der Siebzigerjahre sitzen die beiden Damen in einem fremden Wohnzimmer beim Kaffee. Kaum hat der freundliche Gastgeber angefangen, sein Wissen auszubreiten, geht die Tür auf, und sein Sohn poltert herein. Er bemüht sich erst gar nicht, höflich zu sein, und schnauzt seinen Vater an, sie hätten doch ausgemacht, darüber nicht mehr zu reden. Dann fordert er die Frauen auf zu gehen.

Wenig später erscheint, von Siegwald Ganglmair verfasst, der erste knappe Fachartikel zu Weyer. Ein Anfang ist gemacht.

Mayer, Josef

Ein kalter Wintertag irgendwann Ende der Zwanzigerjahre. Zäher Hochnebel. Die Lichtverhältnisse im Gasthaus Hofer, dem Stammlokal des versammelten Männerbundes, können den für diesen Sonntagvormittag bestellten Photographen nicht überzeugen. Deshalb verlegt er die ganze Angelegenheit kurzerhand in den um diese Jahreszeit kahlen, wenig einladenden Wirtshausgarten.

Dort liegen etliche Zentimeter Schnee. Eine lange Holzbank und etliche Stühle werden hinausgetragen, dazu ein kleiner Tisch mit einer schweren, dunklen Decke, auf die ein tabakaffiner Musikant seine Zither stellt. Vor das in der Bildmitte plazierte Möbel lehnt man die mit Tannenzweigen umkränzte Vereinstafel der *Tischgesellschaft Rauch Klub Neukirchen* an der Enknach mit den beiden gekreuzten, langrohrigen Pfeifen, wie sie früher allgemein üblich waren.

Die Herren, alle festlich gekleidet, werden genau arrangiert, vorne sitzen welche auf der Bank, darunter der Gitarrist samt seinem Instrument und natürlich der Zitherspieler, dahinter hat eine zweite Reihe Aufstellung genommen, und auf die solcherart verdeckten Stühle sind die restlichen geklettert, damit alle gut zu sehen sind.

Keiner durfte den Mantel anziehen, sie müssen frieren wie die Schneider. Dennoch tun die beiden Musikanten im Vordergrund so, als würden sie bei Minusgraden eben ein Ständchen spielen. Etwas abseits ganz links stemmt der Wirt zwei riesige, reichlich verzierte Steingutkrüge mit geschlossenen Zinndeckeln, auch er im korrekten Anzug, aber mit einer blütenweißen Schürze angetan. Es soll aussehen, als brächte er soeben das Bier. Die ganz vorne links und rechts haben die Beine gegengleich übereinandergeschlagen, auf dem jeweils einen schwarzen Winterschuh in der Luft pappt vorne je ein Schneegupf. Alles in allem ein ziemlich groteskes Bild, das einen unwillkürlich schmunzeln lässt.

Der Mann, um den es geht, ist der zweite von rechts in der hinteren Reihe. Der Anfangsdreißiger mit den ebenmäßigen Zügen trägt einen gepflegten Schnauzbart und einen korrekten Scheitel. Mit seiner linken Hand stützt er sich wie die Nebenleute auf die Schulter des Vordermannes.

Josef Mayer gehört von Geburt an zu Neukirchen. Der ledige Sohn der neunzehnjährigen Bauerntochter Theresia Stopfner kam hier am neunzehnten März 1898 auf die Welt. Als die Eltern achtzehn Monate später heirateten, wurde Josef legitimiert. Die nächsten drei Kinder von Theresia und Theodor Mayer, seines Zeichens Schuhmachermeister und Hausbesitzer, hießen alle Franz. Sie verstarben kurz hintereinander als Kleinkinder wie noch fünf andere ihrer Geschwister. Sieben weitere erreichten das Erwachsenenalter.

Wie der Vater hat Josef das Schusterhandwerk erlernt und vor ein paar Jahren eine fast gleichaltrige Näherin geheiratet. Nun wagt er es, selbst an einen Hausbau zu denken. Beste Voraussetzungen, um, wie auf dem Foto deutlich zu erkennen, honoriges Mitglied des dörflichen *Rauch Klubs* sein zu dürfen.

Eine ländliche Idylle, die für etliche der Abgebildeten ein jähes Ende nehmen wird, sei es, dass sie als Soldaten im nächsten Krieg umkommen, sei es, dass sie im Hinterland den lokalen NS-Gewaltigen zum Dorn im Auge werden, und das aus den unterschiedlichsten Gründen.

Franz Hofer zum Beispiel gerät schnell ins Visier des NS-Bürgermeisters und Ortsgruppenleiters Josef Enthammer, eines dreiundvierzigjährigen Landwirts. Aus seiner Ablehnung der neuen Ordnung macht der beliebte Wirt kein Hehl. Es sei allgemein bekannt und »überwiesen«, dass in Hofers Gasthaus schon lange vor dem Anschluss nur Volksschädlinge verkehrten, heißt es in der selbst verfertigten Anzeige Enthammers vom November 1939, die sich auf vage Angaben eines Denunzianten stützt.

Es folgt eine wenig geglückte Schilderung des von dem Gewährsmann beobachteten Resultats Hoferscher Aufstachelungsversuche: »Die Bevölkerung«, bereits »vollzählich in Hofergasthaus angesamelt«, hätte zu »demustrieren« begonnen, ja zu »repellen«, seine, Enthammers frühere »Wahrnung« habe beim Wirten also nichts gefruchtet, obwohl »er mihr versprach«, niemals »gegen die gemeinde unwahre Gerüchte« zu machen. Der erzürnte Bürgermeister will aber nicht nur den Wirt persönlich hinter Schloss und Riegel sehen, sondern auch seine wirtschaftliche Existenz vernichten. »Um weitere Auswüchse jener Volksschädlinge das Handwerk zulegen, sehe ich mich bemüssigt die Schliessung des Gasthauses Hofer für die Dauer von einem Jahr zufordern.«

Dem wirren Schriftstück ist nur in Ansätzen zu entnehmen, was sich wirklich zugetragen haben soll. Trotzdem wird es prompt zum Auslöser eines umfangreichen Aktenvorgangs, der den behaupteten Sachverhalt nachvollziehbarer skizziert und schließlich zur vom Braunauer Landrat verfügten Verhaftung des Franz Hofer wegen staatsfeindlichen Verhaltens führt. Demnach habe dieser die musterungspflichtige männliche Bevölkerung Neukirchens in seiner Gastwirtschaft aufgewiegelt, eine dafür vorgesehene ärztliche Untersuchung zu verweigern. Das sei ihm durch gemeine Äußerungen und die Verabreichung übermäßiger Mengen Alkohols tatsächlich auch gelungen.

Dreizehn Männer werden in der Sache einvernommen. Kategorisch bestreiten sie unisono, was ihnen und vor allem Hofer vorgehalten wird. Keineswegs habe er sie betrunken gemacht, und abfällige Bemerkungen gegen die Machthaber seien dem Gastwirt nie über die Lippen gekommen. Sechzig der achtzig Stellungspflichtigen hätten die Untersuchung nur deshalb verweigert, weil sie, allesamt schon »älter, verheiratet und abgearbeitet«, von einem dabei anwesenden jungen Beamten der Kreisleitung als Hirschköpfe bezeichnet worden seien. Das habe man sich nicht gefallen lassen.

Der Bürgermeister steht damit ziemlich allein auf weiter Flur. Hätten sich die Zeugen dem Druck gebeugt, wäre es für Franz Hofer brandgefährlich geworden. Am achten Dezember schaltet sich nämlich auch die Gestapo ein und möchte vom zuständigen Amtsgericht über alle weiteren Schritte in der Causa Franz Hofer informiert werden. Doch da wird dieser nach einigen Wochen Untersuchungshaft gerade auf freien Fuß gesetzt. Er bleibt aber unter Beobachtung, denn der genügend begründete Verdacht sei nicht völlig entkräftet worden, wie es in der Ablehnung von Hofers Haftentschädigungsantrag heißt.

Josef Mayer kommt zwölf Monate später bei weitem nicht so glimpflich davon. Sein folgenreiches Erlebnis mit dem Herrn Bürgermeister spielt sich freilich in sehr privatem Rahmen ab. Und zum Verhängnis wird ihm Josef Enthammers an sich verständliches Bestreben, die hochnotpeinliche Angelegenheit unter keinen Umständen öffentlich werden zu lassen.

Vor sieben Jahren konnten die Eheleute Mayer endlich das mit viel Schweiß geschaffene eigene Einfamilienhaus am südlichen Ortsausgang Richtung Salzburg beziehen, den ruhig am Ende der Straße direkt neben der Enknach gelegenen Schauplatz jenes Ereignisses, das den Hausherrn das Leben kosten wird. Die Ehe ist kinderlos geblieben. In der Wirtschaftskrise hat der Sepp die Schusterei an den Nagel gehängt und war, bis er einrücken musste, stattdessen als Arbeiter beschäftigt.

Hauptberuflich hält er jetzt für Führer und Vaterland den Kopf hin. Die deutschen Truppen eilen, als er zu Weihnachten 1940 Fronturlaub erhält, noch überall von Sieg zu Sieg. Schlechte Verkehrsverbindungen in die Heimat sind dafür verantwortlich, dass es schon später Abend ist, als der Wehrmachtssoldat am zweiundzwanzigsten Dezember endlich in Neukirchen eintrifft. Wäre er ein paar Stunden früher heimgekommen oder hätte er sein Erscheinen brieflich angekündigt, nichts wäre geschehen. Vielleicht wollte er seine Maria einfach überraschen.

Das ist dem Sepp auch perfekt gelungen, wenn auch ganz anders, als er es sich ausgemalt haben dürfte. Bürgermeister Josef Enthammer dürften Qualitäten auszeichnen, die Mayers Ehefrau dazu bewogen haben müssen, ihm nicht nur die Tür zum Haus, sondern auch jene zum Schlafzimmer zu öffnen. Dass der eigene Josef völlig unerwartet bei derselben hereinkommt, als die beiden sich gerade miteinander vergnügen, ist ein blöder Zufall, der in normalen Zeiten schlimmstenfalls eine Scheidung nach sich zieht.

Normale Zeiten sind das nicht. Die in flagranti Erwischten bleiben dank Enthammers Entschlossenheit nämlich völlig unbehelligt, für Josef Mayer dagegen bedeutet sein Auftauchen aus heiterem Himmel den Foltertod.

Doch an diesem Abend spielt sich vorläufig noch alles wie in normalen Zeiten und in zahllosen Filmen ab. Der gehörnte Ehemann beschimpft den Nebenbuhler heftig und weist ihm die Tür. Möglichst unauffällig trollt sich der Bürgermeister in die Dunkelheit.

Einweisungen in Konzentrationslager tragen manchmal den Vermerk »Rückkehr unerwünscht«. Dafür, dass Josef Enthammer sich von SA-Obertruppführer August Steininger, dem Kommandanten von Weyer, die sofortige und dauernde Beseitigung des Mayer wünscht, fehlt jeder schriftliche Beleg. Ich komme aber nicht umhin, mir die Frage zu stellen, weswegen er im Arbeitserziehungslager über die Weihnachtsfeiertage dermaßen schnell und konsequent zu Tode gequält wird wie keines der anderen Opfer.

Bürgermeister Enthammer dürfte sich nur wenig Nachtruhe gegönnt haben. Denn gleich am Morgen des dreiundzwanzigsten Dezember wird Mayer daheim festgenommen, in einen Wagen verfrachtet und auf Nimmerwiedersehen abtransportiert.

Nur Stunden vor seinem Urlaubsantritt lässt August Steininger sich den Neuen persönlich vorführen und behandelt ihn in der Kanzlei nach Art des Hauses. Josef Mayer erleidet eine blutende Rissquetschwunde im Nasenbereich, die Sankt Pantaleons Bürgermeister Michael Kaltenegger und dem Bauleiter der Ibm-Waidmoos-Entwässerung Diplomingenieur Ewald Langeder bei ihrem abendlichen Weihnachtsbesuch im Lager angesichts der zum Appell aufgestellten Insassen ebenso ins Auge fallen wird wie blaue Verfärbungen am Jochbein. Der schon schwer Eingeschüchterte wagt es nicht, auf die Frage zu antworten, woher diese Verletzungen denn stammen würden. Da mischt sich Lagerchef Steininger jovial ein und meint in Richtung Mayer, er könne gern sagen, dass er von ihm eine hinaufbekommen habe.

Langeder und Kaltenegger, als Obmann der Braunauer Wassergenossenschaft treibende Kraft hinter dem wahnwitzigen Entsumpfungsprojekt, ziehen zufrieden ab. Mit der grausamen Behandlung des Menschenmaterials im Lager sind die beiden seit langem wohlvertraut. Sie haben nichts dagegen einzuwenden.

In einer letzten Amtshandlung vor den verdienten Ferien macht sich Steininger nun daran, die Liste jener Bedauernswerten endgültig zu fixieren, denen tags darauf eine spezielle Weihnachtsbescherung zugedacht sein wird. Auch Josef Mayer, der bislang noch keine wirkliche Gelegenheit hatte, sich bei ihm besonders unbeliebt zu machen, findet sich darauf verzeichnet. Das ist mindestens ebenso erstaunlich wie die Tatsache, dass ein untadeliger Angehöriger der Wehrmacht auf Fronturlaub so mir nichts dir nichts als arbeitsunwilliger Asozialer gelten kann. Denn einzig auf dieser Grundlage ist es einem Bürgermeister möglich, unangenehme Mitbürger in Weyer entsorgen zu lassen.

»Mayer, wie kommst *du* her?«, habe er ihn gleich nach der Einlieferung gefragt, wird einer der Aufseher von Weyer, Ex-SA-Truppführer Josef Wimmer, bei seinem Volksgerichtsprozess im Sommer 1948 aussagen. Wimmer und Mayer kennen einander von früher als ehemalige Mitglieder der Innung, sie sind beide gelernte Schuhmacher. »Mich hat meine Frau hergebracht«, so lautet der letzte überlieferte Satz des Josef Mayer.

Bei dessen erstem und einzigem Arbeitseinsatz an der Moosach am Heiligen Abend 1940 drischt ein anderer SA-Truppführer, Josef Mayrhofer heißt er, schon am Vormittag mit dem Gummiknüppel ohne bestimmten Anlass wie von Sinnen auf Mayer ein. Auch nachdem der zu Boden stürzt und mit den Armen seinen Kopf zu schützen versucht, hört der Erziehungsgewaltige nicht auf. Als es »Antreten zum Essen!« heißt, kann sich der schwer Angeschlagene kaum mehr auf den Beinen halten. Am Nachmittag geht es in der gleichen Tonart weiter: Hiebe, Hiebe, Hiebe. Mayer liegt im Schnee, rührt sich nicht mehr. Zwei Mithäftlinge müssen ihn aufheben und dann fallen lassen. Er schlägt mit dem Hinterkopf auf. SA-Oberscharführer Rothenbuchner hält ihm den Revolver an die Schläfe und droht, ihn zu erschießen. Keine Reaktion. Bis zum Rückmarsch, der wegen des Heiligen Abends früher erfolgt als gewöhnlich, lässt man Mayer jetzt auf einem Schlitten liegen. So wird er auch ins Lager befördert.

Bei der schrecklichen Weihnachtszüchtigung nur Stunden später wechseln sich Gottfried Hamberger, Mayrhofer und Rothenbuchner ab. Schließlich kostet das Hindreschen viel Kraft, und außerdem hat jeder so seine speziellen Lieblinge, bei denen das Verprügeln gleich doppelt so viel Vergnügen bereitet. Alois Rothenbuchner übernimmt den Löwenanteil der Delinquenten, darunter auch die vorgesehenen fünfundzwanzig Hiebe auf den nackten Arsch des Mayer. Wie dessen unsäglich malträtierter Körper danach auf seine Pritsche oben im Stockbett gelangt, ist die einzige kleine Lücke in dieser ansonsten aufgrund vieler übereinstimmender Zeugenaussagen penibel protokollierten Passionsgeschichte. Den ganzen folgenden Tag lässt man ihn unbeachtet liegen. Dass der Kerl seine Kleidung nicht vorschriftsmäßig zusammengelegt hat, dient am Abend des Christtags als Vorwand für weitere entmenschte Übergriffe Rothenbuchners.

Josef Mayer wird aus dem Bett gerissen, er ist schwer benommen, orientierungslos, nicht recht bei Bewusstsein. Neuerlich wird er verprügelt, bis er zusammenbricht, mit Gebrüll zum Strammstehen aufgefordert, was er nicht mehr schafft. Rothenbuchner tritt dem hilflos Torkelnden mit seinen Uniformstiefeln x-fach in die Genitalien, der krümmt sich, wimmert, fällt. Er wird weiter getreten. Aufstehen! Das Spiel wiederholt sich so lange, bis der Häftling gar nicht mehr reagiert. Sein Kopf liegt im Blut. Aber tot ist er immer noch nicht ganz. Rothenbuchner weist Mithäftlinge an, ihn an Armen und Hodensack auf seine Pritsche zu hieven, von der er, angeblich ohne Fremdeinwirkung, etliche Stunden später in seinem Dusel kopfüber zu Boden stürzt.

Um drei in der Früh kommt der verantwortliche stellvertretende Kommandant Gottfried Hamberger von einer Sauftour mit Kumpel Mayrhofer zurück und weist Häftlinge an, den nur noch röchelnden, bewusstlosen Mayer sorgfältig zu waschen und in einen ungenutzten Nebenraum zu legen. Den Arzt zieht er nicht bei. Wieder vergeht ein ganzer Tag. Doktor Staufer bekommt den übel zugerichteten Patienten erst am Abend des Stefanitags zu sehen. Mayers Pupillen reagieren nicht mehr auf direkte Lichteinstrahlung, sein Puls ist nicht mehr zu fühlen. Staufer verabreicht dem Sterbenden trotzdem eine Spritze, um das Herz zu stärken und sich selbst etwas vorzumachen, doch gegen Ende der folgenden Nacht um vier Uhr hat Josef Mayer ausgelitten.

Es dauert ungewöhnlich lange, bis der Leichnam freigegeben und begraben wird. Zu diesem Zweck kehrt, was übrig geblieben ist von Josef Mayer, im Sarg nach Neukirchen zurück. Bürgermeister Enthammer hat die für ihn erfreuliche Neuigkeit durch einen Anruf seines Amtskollegen Kaltenegger aus Sankt Pantaleon zum frühestmöglichen Zeitpunkt erfahren. Ausgerechnet Josef Enthammer, so wird Kaltenegger zumindest aussagen, habe daraufhin die Todesnachricht den Angehörigen umgehend zur Kenntnis gebracht. Tage später findet sich dazu auch eine kurze Notiz in der Lokalzeitung. In der Spalte mit Meldungen aus den Landgemeinden macht die *Neue Warte am Inn* am zweiten Jänner

1941 direkt über einer ausführlichen Heldentodschilderung, die sich hundertvierzig Kilometer vor Narvik zutrug, äußerst schmallippig davon Mitteilung, der zweiundvierzigjährige Josef Mayer sei an einem Unfall verschieden.

Während in Weyer nach der unerwarteten Anzeige des Lagerarztes die Ermittlungen auf Hochtouren laufen und der beigezogene Gerichtsmediziner den grässlichen Foltertod Mayers längst amtlich bestätigt hat, wird in Neukirchen offiziell nach wie vor so getan, als habe ihn ein tragisches Unglück hinweggerafft. Selig sei er im Herrn entschlafen, lügt die eine Seite von Josef Mayers Totenbild, dass sich die Balken biegen. »Ein schneller Tod war Dir bestimmt«, so lautet gleich darunter die Anfangszeile eines für den Wissenden besonders unpassenden Gedichtes. Auf der anderen Seite findet sich eine barocke Himmelfahrt Mariens abgebildet, garniert mit dem hilflosen Wunsch »Nach diesem Elende zeige uns Jesum«.

Das Elend auf Erden hat für Mayers Familie indessen noch lange kein Ende. 1943 trifft die Vermisstenmeldung seines Bruders Rudolf aus Russland ein, im April 1945 fällt in Jugoslawien kurz vor Kriegsende auch noch ein weiterer Sohn von Theodor und Theresia Mayer, der vierte Franz.

Maria Mayer wird eine zweite Ehe eingehen und ein langes Leben haben. Ihr die Schuld an Sepps Schicksal zuzuschanzen, besteht kein Anlass, außer man ist moralisch überheblich genug, den Seitensprung als solchen zu verurteilen. Hätte sie wirklich absehen können, wozu ihr Bettgenosse fähig war? Wer darf sich anmaßen, darüber zu urteilen?

Da die Frau weiter in Neukirchen wohnen bleibt, müssen die Verwandten und Freunde ihres ersten Mannes es aber aushalten, bei jeder Begegnung mit ihr an seinen dramatischen Lagertod um Weihnachten 1940 erinnert zu werden. Das fällt ihnen schwer, verrät mir sein Neffe anlässlich unserer ersten Begegnung bei ihm zuhause. Verborgen ist nämlich weder Sepps Leidensgeschichte noch ihre Ursache geblieben.

Entsprechende Gerüchte machen schon bald unter der Hand die Runde, das Dorf ist eben klein. Josef Enthammer, der bei den vielen Nachkriegsprozessen zu Weyer keine Rolle spielen wird, hat sich vergebliche Hoffnungen gemacht. Alle Mühe umsonst. Vor allem hat er völlig außer Acht gelassen, dass länger schon ein zweiter Mann aus Neukirchen im Lager interniert war. Franz Niederwinkler überlebt und gibt als unmittelbarer Augenzeuge Mayers Verwandten Auskunft über die letzten Tage des Bruders und Onkels.

Auch in Weyer selbst wissen die Einwohner schnell Bescheid. Sogar die schweren Hodenverletzungen des Gepeinigten dringen offenbar nach außen und regen die Phantasie der Leute an. Am Ende findet sich sogar eine Zeitzeugin, die von einem im Lager Beschäftigten erfahren haben will, dem letzten Folteropfer habe man bei lebendigem Leib das Geschlechtsteil abgeschnitten.

Wie die meisten alten Gräber wird auch jenes von Josef Mayer irgendwann einmal aufgelassen. Ich staune nicht schlecht, als ich bei meinen Recherchen an der Außenwand der Pfarrkirche auf seine Grabplatte stoße. Die ist kommentarlos als einzige aus jüngeren Zeiten dort montiert worden, die anderen sind allesamt wesentlich früheren Datums. Darf man darin etwa ein stummes Mahnmal sehen, einen bescheidenen, versteckten Appell, Josef Mayer aufgrund der besonderen Umstände seines Ablebens nicht wie gewöhnliche Tote allmählich dem völligen Vergessen zu überantworten?

Oberstaatsanwalt Josef Neuwirth hat mit bewundernswerter Akribie die meist absurden Einweisungsgründe vieler Opfer von Weyer zusammengetragen und aufgelistet. Im brisanten Fall von Josef Mayer, dem unmittelbaren Anlass seines Einschreitens, scheinen die Widersacher Franz Kubinger und Stefan Schachermayr entsprechende Dokumente rechtzeitig vernichtet zu haben. Und die Verantwortlichen halten dicht.

Zwar gibt es zu keinem anderen Lagertoten so umfangreiches Aktenmaterial, die Vorgeschichte ist aber auch für mich nicht zu erschließen, als ich mich zur Jahrtausendwende daran mache, *Herzfleischentartung* zu Papier zu bringen. Somit setzt meine Erzählung von Mayers Passionsgeschichte erst am Tag vor dem Heiligen Abend ein, als er vor dem Kommandanten von Weyer steht und August Steininger zum ersten Mal ausholt.

Jener ältere Herr, der bald nach Erscheinen des Buches im Braunauer Kulturzentrum Gugg bei der Diskussion im Anschluss an meine Lesung aufsteht, ist es sichtlich nicht gewohnt, vor mehr als hundert Leuten das Wort zu ergreifen. Er wisse, warum sein Onkel nach Weyer kam, und könne es gern erzählen, sagt er mit leiser Stimme. Man kann eine Nadel fallen hören, als Mayers Neffe sachlich, aber bewegt zu berichten beginnt.

Er kann keine Ahnung davon haben, dass ich doch einen, wenn auch dürftigen, Hinweis auf den Einweisungsgrund im Kopf habe, nämlich den protokollierten kurzen Dialog zwischen den beiden Schustern gleich nach Mayers Ankunft im Lager, die für mich bis dato kryptische und daher unbrauchbare Bemerkung des Sepp, seine Frau habe ihn hergebracht.

Nun fügt sich das alles zu einem gut nachvollziehbaren Ganzen. Im Nachwort zur ersten Taschenbuchausgabe des Romans kann ich die unverhoffte, nicht mehr erwartete Lösung des Rätsels um die Ursache für Josef Mayers Überstellung nach Weyer schildern.

Jüngst hat Neukirchen an der Enknach die Lokalgeschichte der Jahre zwischen 1933 und etwa 1950 vorbildlich aufbereitet. Die Ergebnisse wurden der Bevölkerung in einem vollbesetzten Saal vorgestellt und in einem großformatigen Buch mit zahlreichen Abbildungen leicht zugänglich gemacht. Herr Mayer nimmt darin eine zentrale Rolle ein. Und einen Stolperstein gibt es inzwischen auch für ihn, ganz in der Nähe seines Hauses.

Neuwirth, Josef

Zwischen Weihnachten und Neujahr wünscht sich niemand verstärkten Arbeitsanfall, schon gar nicht, wenn man Vater dreier kleiner Kinder ist, von denen das jüngste gerade einmal vier Monate zählt. Aber wer Mord und Totschlag begehen will, nimmt nun einmal auf solche Bedürfnisse gewöhnlich keine Rücksicht. Doktor Josef Neuwirth, seines Zeichens Leiter der Staatsanwaltschaft Ried im Innkreis, bestellt deshalb Ende 1940 binnen Stunden eine Gerichtskommission, die den weiten Weg nach Sankt Pantaleon auf sich nehmen muss, um eine besonders heikle Causa zu untersuchen.

Wenn es stimmt, was ein gewisser Doktor Alois Staufer in seiner Anzeige festhält, ist im Arbeitserziehungslager Weyer ein Häftling umgebracht worden. Und schon früher soll es dort zu bedenklichen Todesfällen gekommen sein. Unannehmlichkeiten mit der SA, die das Lager führt, und der Partei scheinen damit vorprogrammiert, außer die Staatsanwaltschaft verhält sich pragmatisch und drückt beide Augen zu. Das ist auch zu erwarten, denn natürlich ist dieser Doktor Neuwirth – wenig überraschend, wenn er im Dritten Reich bei der Justiz einen gehobenen Posten bekleidet – selbst Angehöriger der NSDAP. Dabei stammt er aus klassischem linken Milieu.

Das erste Kind seiner Eltern kommt am vierten Jänner 1898 in Graz auf die Welt. Der Vater ist engagierter Sozialdemokrat, von Beruf Setzer bei der steirischen Parteizeitung *Arbeiterwille*. Bis zur Ankunft der Geschwister verbringt der kleine Josef die meiste Zeit draußen in Andritz bei den

Großeltern. Sie besitzen dort ein Gasthaus. Die Eingemeindung zum zwölften Grazer Stadtbezirk wird zwar erst 1938 erfolgen, aber in der zweiten Hälfte des neunzehnten Jahrhunderts hat sich das Gesicht der Gegend bereits stark zu verändern begonnen. Fabriken kamen und mit ihnen die Industriearbeiter.

Bald schon erweist sich der Knabe als außergewöhnlich begabt. Er soll das Gymnasium besuchen. Seine Neigung gehört dabei von jeher den Künsten, vornehmlich der Musik. Vor dem Krieg dürfte der Halbwüchsige noch ernsthaft mit dem Gedanken spielen, sie zum Beruf zu machen, nach dem Krieg studiert er in einer völlig veränderten Welt trotz aller Zweifel dann doch lieber etwas Handfestes, nämlich Rechtswissenschaften.

Von der sozialdemokratischen Herkunft nabelt er sich mit der Zeit erstaunlich konsequent ab. Der junge Jurist in kleinbürgerlichen Lebensumständen mit bildungsbürgerlichen Ansprüchen lebt und arbeitet nach einem Zwischenspiel als Richter in der steirischen Provinz am Bezirksgericht Leoben seit 1933 in der Bundeshauptstadt Wien, wo er bei der Staatsanwaltschaft tätig ist. Er heiratet Johanna, gründet mit ihr eine Familie.

Nach 1945 wird das offizielle Mitglied der Vaterländischen Front frühe Sympathien für den Nationalsozialismus mit der erzwungenen Einstellung der sozialistischen Parteizeitung durch die Autoritäten des Ständestaates im Bürgerkriegsjahr 1934 und der damit verbundenen Entlassung seines Vaters zu erklären versuchen. Wirklich überzeugend klingt das nicht.

Bereits 1936 schließt Neuwirth sich jedenfalls dem NS-Beamtenbund an. Er verteilt Flugblätter und verwendet sich für inhaftierte Parteigenossen. Als die Massen 1938 auf dem Wiener Heldenplatz Hitler zujubeln, stehen die Neuwirths, der gut einjährige älteste Sohn Gösta auf den Schultern des Vaters, selbstverständlich mitten im Trubel. Da schreit irgendwer: »A Jud!« und zeigt auf ihn, denn Josef Neuwirths Nase ist von markanter Größe und leicht gebogen. Überstürzt verlässt die Familie den Ort des Anschlussgeschehens. Der Mob kann leicht ins Kochen geraten.

Neuwirth sei ein verhältnismäßig häufiger jüdischer Nachname, besonders in Böhmen, so der Komponist und Musikwissenschaftler Gösta Neuwirth mir gegenüber. Ob es in der Familie vielleicht doch irgendwo jüdische Vorfahren gab, bedürfte genauerer Nachforschungen. An Doktor Neuwirths reinem Ariertum gibt es freilich in den Zeiten, als dies über Leben und Tod entscheiden kann, nichts auszusetzen.

Seit Mai 1938 ist er auch selbst eingetragener Parteigenosse. Sein zweiter Sohn wird geboren, dann steht im Sommer 1939 der nächste Karriereschritt an. Neuwirth wechselt nach Oberdonau zur Staatsanwaltschaft Ried im Innkreis und übernimmt deren Leitung. Dort sieht er sich anderthalb Jahre später mit der bisher größten Herausforderung seines Berufslebens konfrontiert. Alles beginnt damit, dass ihm am Samstag, dem achtundzwanzigsten Dezember 1940, ein Telegramm des Amtsgerichtes Wildshut zugestellt wird. Bei dem Toten aus dem Lager Weyer geht es um den Verdacht der Gewaltanwendung.

Josef Neuwirth kündigt in seiner Antwort den Besuch einer Gerichtskommission für Montag an. Aber dann steht sie schon am Sonntag zu Mittag vor dem Lagertor und überrascht so das Personal. Noch ist Kommandant August Steininger nicht aus seinem bereits abgebrochenen Weihnachtsurlaub im fernen Steyr zurück, also muss sein Stellvertreter, Lagerverwalter SA-Sturmführer Gottfried Hamberger, einspringen und erste Auskünfte geben. Dieser will von bedenklichen Vorkommnissen rein gar nichts mitbekommen haben und erst kurz vor dessen Tod zu einem Sterbenden gerufen worden sein. Der habe sich wohl eine Sturzverletzung zugezogen.

Der mehrköpfigen Kommission, die sodann Josef Mayers Leichnam in Augenschein nimmt, gehört mit Doktor Max Gerhardinger auch ein erfahrener Gerichtsmediziner an. Der furchtbar entstellte nackte Körper lässt die hartgesottenen Männer rund um den Seziertisch zunächst einmal verstummen. Gerhardinger murmelt, bevor er sich an die Arbeit macht, spontan eine bekannte Formel: »Ecce homo«.

Noch vor seiner Anzeige hat der Lagerarzt im Fragebogen zum Sterbebuch eine Gehirnerschütterung als unmittelbare Todesursache festgehalten. Das gerichtsmedizinische Gutachten wird darüber hinaus unzählige Marterspuren auflisten, hervorgerufen unter anderem durch die exzessive Anwendung von Gummiknüppeln, vor allem aber auch von wuchtigen Tritten mit genagelten Schuhen. Besonders auffällig das verunstaltete Gesicht, das Gesäß, eine einzige Platzwunde, sowie Hoden in Kürbisgröße. Der Tod müsse auf das Zusammenwirken einer Vielheit schwerer Verletzungen zurückgeführt werden.

Versuche, die Häftlinge zu substantiellen Aussagen zu bewegen, scheitern, obwohl die ermittelnden Beamten ihre Aufseher gegen deren vehementen Protest aus dem Raum schicken. Die ausgemergelten Männer sind völlig eingeschüchtert.

Trotzdem sind noch vor der Jahreswende die Ermittlungen bereits so weit gediehen, dass Doktor Neuwirth die Voruntersuchung wegen Verbrechens des Totschlages gegen zunächst einen der Aufseher, SA-Oberscharführer Alois Rothenbuchner, einleiten kann und seine Einlieferung ins Landgerichtsgefängnis Ried im Innkreis beantragt. Schon bald wird dem Oberstaatsanwalt klar, dass der angezeigte Fall nur die Spitze des Eisbergs darstellt.

Sowohl die SA als auch die Gau-NSDAP torpedieren nach Kräften Neuwirths Ermittlungen, aber als deutlich wird, dass der Mann wider Erwarten tatsächlich Ernst macht, lassen sie am neunten Jänner 1941 überhastet die gesamte Anlage räumen. Einundfünfzig Gefangene werden nach Mauthausen überstellt, die anderen auf freien Fuß gesetzt. Den gesamten Aktenbestand holt Gauinspekteur Stefan Schachermayr, die rechte Hand Gauleiter Eigrubers und bei Kriegsende sein treuer Fluchtgefährte, persönlich ab und lässt ihn vorläufig verschwinden.

Neuwirth fordert vehement die Herausgabe aller Dokumente. Dabei beschränkt er sich nicht allein auf jene Schriftstücke, die in direktem Zusammenhang mit Josef Mayer stehen. Vielmehr sucht er Licht ins Dunkel der gesamten Lagergeschichte mit ihren mysteriösen Todesfällen zu bringen. Besonders alarmierend für den Gauleiter, Gauinspekteur Schachermayr und den Beauftragten für Arbeitserziehung Franz Kubinger: Die Justiz stellt die grundsätzliche Frage, wieso die Insassen eigentlich interniert waren. In diesem Zusammenhang müssten, so das Begehren, auch die Einweisungsgründe auf den Tisch gelegt werden.

Die Antwort lässt in Form eines geharnischten Briefes mit dem Kopf »Nationalsozialistische Deutsche Arbeiterpartei. Gauleitung Oberdonau« nicht lange auf sich warten. Darin dekretiert Schachermayr, wohl in Absprache mit Eigruber, vollmundig: »Ihr Ersuchen, alle jene Personen, die in obenerwähntem Zeitraum eingewiesen wurden, bekanntzugeben, kann mit der im Augenblick durchgeführten Untersuchung wegen angeblichen Totschlages in keinerlei Zusammenhang gebracht werden. Es kann also nur der Schluss gezogen werden, dass die Staatsanwaltschaft sämtliche Anträge auf Einweisung in das Lager, die im Auftrage des Gauleiters und Reichsstatthalters von Oberdonau erfolgten, auf ihre Gesetzmäßigkeit überprüfen will.

Es ist nach meiner Meinung völlig abwegig und ausgeschlossen, dass die Staatsanwaltschaft die Gesetzmäßigkeit von Massnahmen der Verwaltungsbehörde oder einer Parteidienststelle überprüft. Heil Hitler!«

Zu diesem Zeitpunkt hat Doktor Neuwirth allerdings längst eine Krankenkassenbeitragsliste mit hunderteinunddreißig Häftlingsnamen samt Adressen sicherstellen können, die im Chaos der Auflösung in den Büroräumlichkeiten des Lagers zurückgeblieben ist. Da darauf auch sämtliche Geburtsdaten zu finden sind, weiß er bereits, dass in eklatantem Widerspruch zu den vom Gau Oberdonau selbst verfügten Richtlinien auch männliche Jugendliche ab sechzehn inhaftiert, als Zwangsarbeiter ausgebeutet und schweren Misshandlungen ausgesetzt waren. Neuwirth ahnt Schlimmes und hat schon nach kurzer Zeit eine Reihe von Verbringungen nach Weyer rekonstruiert, die seine ärgsten Befürchtungen weit übertreffen.

Er eruiert die Grabstätten der in Krankenhäusern verstorbenen Weyer-Opfer auf verschiedenen Friedhöfen in dreißig Kilometer Umgebung zum Lager und will deren Leichen exhumieren lassen, um weitere Obduktionen zu ermöglichen. Die Gauleitung aber schläft nicht und sorgt dafür, dass ihre Gräber leer sind, als Neuwirths Abgesandte eintreffen. Lokale Totengräber dürfen von rein gar nichts wissen. Doktor Neuwirth steht eine Auseinandersetzung auf Biegen und Brechen bevor.

Für die riskanten Nachforschungen findet er in seinem Vorgesetzten bei der Linzer Generalstaatsanwaltschaft einen zuverlässigen Verbündeten. Mit Doktor Ferdinand Eypeltauer stimmt er sich unter anderem ab, wie er sein breit angelegtes Vorgehen am besten argumentieren soll. Neuwirth darf in die Offensive gehen und beruft sich zunächst einmal auf formaljuristische Gründe, wenn er dem Reichsjustizministerium in der Berliner Wilhelmstraße gegenüber die Behinderungen durch den Gauinspekteur mit starken, wenngleich in der Aufregung etwas aus den Fugen geratenen Worten kommentiert: »Nach ha. Rechtsansicht sind die Einweisungen, da der grundlegende Erlass nicht im Verordnungsblatte verlautbart wurde, und wie aus den Schreiben des Gauinspekteurs und des Gaubeauftragten hervorgeht, <u>von einer Parteidienststelle</u> und nicht als Massnahme einer Verwaltungsbehörde – etwa des Reichsstatthalters – anzusehen. Dass eine Parteidienststelle zu so weit gehenden Massnahmen, die wie die Einweisungen ja einen staatlichen Hoheitsakt darstellen, n i c h t befugt ist, bedarf keiner weiteren Ausführung.«

Diese juristische Bewertung lässt an Deutlichkeit nichts zu wünschen übrig und geht ans Eingemachte der NS-Diktatur. So ein Gauinspekteur ist nämlich per Definition Beauftragter des Gauleiters: »Er hat die Aufgabe, im Auftrag des Gauleiters bzw. seines Stellvertreters Beschwerden nachzugehen, Untersuchungen durchzuführen und Sonderaufträge aller Art zu erfüllen.« Es handelt sich also eindeutig um eine politische Funktion innerhalb der Parteistrukturen und nicht um ein öffentliches Amt. Die patzige, mit dem Hinweis auf sakrosankte Maßnahmen der NSDAP begründete Weigerung des gehobenen Parteisoldaten Schachermayr, der Justiz ermittlungsrelevante Unterlagen auszuhändigen, hätte in neunundneunzig von hundert Fällen dennoch ihre Wirkung getan.

Josef Neuwirth aber beharrt konsequent auf den kargen Resten der Gewaltentrennung. Die Weimarer Verfassung ist, wiewohl durch sie konterkarierende Gesetze teilweise ausgehöhlt, formell nie außer Kraft gesetzt worden. Dem Oberstaatsanwalt dürfte zudem bekannt sein, dass Gauleiter Eigrubers regionale Parallelinfrastruktur zum wachsenden KZ-Imperium Himmlers in Berlin skeptisch gesehen, ja abgelehnt wird. Diesen Umstand interner Spannungen nutzt er geschickt, und tatsächlich findet er prompt weitreichende Unterstützung durch das Reichsjustizministerium.

Der Oberstaatsanwalt beantragt in einem nächsten Schritt die Vernehmung der nach Mauthausen verbrachten Insassen von Weyer. Er dürfte damit kalkulieren, dass die Gauleitung in KZ-Zusammenhängen nicht viel zu reden hat. Mit dem heutigen Wissensstand mag es reichlich naiv, ja grotesk erscheinen, dass Neuwirth ausgerechnet in der durch absolute Gesetzlosigkeit gekennzeichneten Enklave eines Konzentrationslagers den Verbrechen rund um eine ebensolche Terrorstätte nachgehen will.

Einvernahmen in Mauthausen werden Neuwirth zwar kategorisch verweigert, doch bedeutet es einen schweren Schlag für die Gau-NSDAP, dass man dort, wohl auf Druck des Justizministeriums, überraschend alle in Frage kommenden Personen in die Freiheit entlässt. Sie werden jetzt im Eiltempo vorgeladen und intensiv befragt. Viele von ihnen sind nun doch bereit auszupacken. Ihre drastischen Berichte beseitigen die letzten Zweifel. Mit etwas zeitlichem Abstand und außer Sichtweite des Staatsanwaltes wird an etlichen von ihnen für ihre Offenherzigkeit grausame Rache genommen werden.

Doktor Neuwirth sorgt jetzt erst einmal dafür, dass ein zweiter Aufseher, SA-Truppführer Josef Mayrhofer, verhaftet wird. Die Beweislage im Fall des mutmaßlich von ihm getöteten Linzer Hausmeisters Anton Atzelsberger ist erdrückend.

Als nächster gerät in Zusammenhang mit dem Tod des Hilfsarbeiters Johann Gabauer der Lagerkommandant selbst ins Visier der Anklagebehörde. Erste Überlegungen, auch die Schreibtischtäter dahinter zu belangen, kursieren bereits, wie die Korrespondenz zwischen Ried, Linz und Berlin verrät.

Kürzlich erst sind die Neuwirths zum dritten Mal Eltern geworden. Es ist erneut ein Bub. Im Provinzstädtchen Ried, der dritten beruflichen Station des Juristen innerhalb weniger Jahre, muss sich die junge Familie wieder einmal erst einleben. Leicht ist das an sich schon nicht. Die Funktion ihres Gatten lässt zudem viele Leute, und nicht die schlechtesten, einen großen Bogen um Johanna Neuwirth machen. Als Vater ist ihr Mann zuhause nur wenig präsent, erfahre ich von seiner Witwe, über das, was ihn beruflich beschäftigt, schweigt er daheim aus Prinzip. Mit einer bezeichnenden Ausnahme: Der Fall Weyer habe ihn dermaßen aufgewühlt, dass er sie über lange Zeit ins Vertrauen gezogen und oft von den aktuellen Entwicklungen berichtet habe.

Noch sechzig Jahre später wird Frau Neuwirth, inzwischen eine hochbetagte Dame, sofort hellhörig werden, als, lange bevor wir einander erstmals begegnen, im bei ihr aus Gewohnheit eingeschalteten ORF-Radioprogramm Österreich eins ein Feature über meinen Roman *Herzfleischentartung* angekündigt werden wird. Johanna Neuwirth wird den Begriff »Lager Weyer« aufschnappen und sofort elektrisiert sein.

Die Gauleitung hat den Lagerkommandanten aus guten Gründen weit weg an der Front verschwinden lassen, als Doktor Neuwirth den dritten Haftbefehl erwirkt. Es wird dauern, bis auch August Steininger hinter Schloss und Riegel zu sitzen kommt. Derweil muss man den beiden bereits in Untersuchungshaft befindlichen Aufsehern zweckdienliche

Aussagen förmlich aus der Nase ziehen. Die exzessiven Züchtigungen mit ihren teils letalen Auswirkungen lassen sich zwar nicht mehr schlichtweg abstreiten, aber Alois Rothenbuchner macht zum Beispiel geltend, stets der – im nachhinein womöglich falschen – Meinung gewesen zu sein, es bei den Sterbenden, den Bewusstlosen, den am Boden in ihrem Blut Wimmernden mit gewieften Simulanten zu tun gehabt zu haben.

Der immense Druck der Gauleitung auf Doktor Neuwirth verlagert sich allmählich von der offiziellen schriftlichen auf die informellere Gesprächsebene. Und nicht mehr sein engster Mitarbeiter Stefan Schachermayr, sondern August Eigruber höchstselbst nimmt sich in kurzen Abständen Zeit, dem Oberstaatsanwalt ins Gewissen zu reden. Der legt dazu vorsorglich Aktenvermerke an und übermittelt diese jeweils dem auf seiner Seite stehenden Generalstaatsanwalt. Am zwanzigsten Mai etwa notiert Neuwirth: »Bei meiner Vorsprache am 5. Mai 1941 stellt der Gauleiter Eigruber das Ansuchen, die beiden Beschuldigten Alois Rothenbuchner und Josef Mayrhofer sobald als möglich zu enthaften, da seiner Auffassung nach bei keinem der beiden mehr eine Flucht- oder Verabredungsgefahr bestehe. Ich sagte ihm die Prüfung der Haftfrage zu.

Bei meiner Vorsprache am 19. Mai 1941 gab ich dem Gauleiter Aufklärung über den Stand des Strafverfahrens und teilte ihm mit, dass eine Enthaftung der beiden Beschuldigten derzeit noch nicht in Frage komme. Er bat daraufhin das Strafverfahren möglichst bald zum Abschluss zu bringen.« Eigruber umschreibt damit sein Verlangen, sämtliche Untersuchungen einzustellen.

Auch die SA-Granden sind zunehmend um das Wohl ihrer im Gefängnis schmachtenden Kameraden besorgt. Der zuständige Standartenführer greift in diesen Wochen wiederholt zum Telefon, um den Staatsanwalt mit Nachdruck zur Freilassung der ehemaligen Wachorgane und zur gänzlichen Verschonung des Ex-Lagerführers anzuregen.

Doch nimmt der scheinbar provinzielle Fall Weyer nun endgültig Dimensionen an, die nicht nur in Oberdonau die Führungsetagen beschäftigen. Korrespondenzpartner Josef Neuwirths in Berlin ist ab sofort niemand Geringerer als der kommissarische Reichsjustizminister Doktor Franz Schlegelberger in eigener Person. Dieser ermuntert den Ankläger gleichfalls, den Gang des Verfahrens zu beschleunigen, aber aus ganz anderen Gründen. Vermutlich fürchtet er zu Recht, dass sein Widerpart Eigruber versuchen wird, die Reichskanzlei einzuschalten und in der Sache zu Hitler direkt vorzudringen. Deshalb fordert Schlegelberger Neuwirth auf, Nebenaspekte wie unbefugten Waffengebrauch und Vorschubleistung durch Verhehlung fallenzulassen.

Weiters mögen Randbeteiligte wie Sankt Pantaleons Bürgermeister Michael Kaltenegger, der Gaubeauftragte Franz Kubinger sowie Gauinspekteur Stefan Schachermayr erst später in getrennten Verfahren als Beschuldigte geführt werden. Doktor Schlegelberger betont allerdings ausdrücklich, dass er absolut damit einverstanden ist, die Schreibtischtäter in einem zweiten Schritt ebenfalls zu belangen.

Wann hat man schon Gelegenheit, dem Justizminister des Dritten Reiches dabei über die Schulter zu schauen, wie er Anweisung gibt, die Verbrechen in einem NS-Lager schnellstmöglich aufzuklären und den Kommandanten samt der Wachmannschaft ihrer gerechten Strafe zuzuführen? Doktor Schlegelberger zählt akribisch auf, welche Anklagepunkte er für vordringlich, besonders wichtig und aussichtsreich hält: Totschlag, schwere Misshandlung, »Einweisungen von Jugendlichen unter 18 Jahren und die Einweisung von Personen, die nicht als arbeitsunwillig bezeichnet werden können«. In diesem Zusammenhang zählt der mächtige Minister zur Illustration auch gleich mehrere konkrete Namen fleißiger, unter die Räder gekommener einfacher Leute wie den des Sägemeisters Karl Gumpelmaier auf.

Bei Doktor Franz Schlegelberger handelt es sich, um keine falschen Vermutungen aufkommen zu lassen, beileibe nicht um einen verkappten Widerstandskämpfer, ganz im Gegenteil. Der Mann hat zum Beispiel bei der sogenannten Vernichtung unwerten Lebens seine Finger im Spiel, erarbeitet mit Roland Freisler im selben Jahr 1941 die Polenstrafrechtsverordnung, de facto einen juristischen Freibrief, der für deutschfeindliche Gesinnung die Todesstrafe vorsieht, und er regt erfolgreich an, Halbjuden zwischen Sterilisation und Deportation in ein KZ wählen zu lassen. Für diese und andere Maßnahmen wird er im Nürnberger Juristenprozess 1947 die verdiente Quittung erhalten: lebenslang. Schon 1951 wird er allerdings begnadigt werden, und zwar wegen einer angeblichen Haftunfähigkeit, die ihn freilich nicht daran hindert, noch weitere zwei Jahrzehnte im Ruhestand zu genießen.

Schlegelbergers Engagement in Sachen Weyer verdankt sich wohl einzig und allein der auch von Reichsführer SS Heinrich Himmler unterstützten Absicht, den kleinen Hitler Oberdonaus August Eigruber in die Schranken zu weisen. Nie wieder soll der Kerl auf die abenteuerliche und noch dazu dilettantisch umgesetzte Idee kommen, von der primitiven SA geführte eigene Lagerstrukturen aufzubauen.

Ich kann mir gut vorstellen, wie Neuwirth an solchen Tagen höchster Anspannung am Abend erschöpft heimkommt, mit den Kindern beim Nachtmahl ein paar zerstreute Worte wechselt, sich anschließend im Wohnzimmer zurücklehnt, eine Mozart-Schallplatte auflegt und die Augen schließt. Wie er, nachdem Johanna die Buben ins Bett gebracht hat, wenigstens andeutungsweise von der ungeheuren Belastung spricht, die der Fall Weyer für ihn bedeutet, nicht zuletzt deshalb, weil beide Seiten, der Gauleiter wie der Justizminister, ihren Machtkampf über seine Person austragen.

Es ist Zeit, mich am Riemen zu nehmen: Dieses Porträt des Josef Neuwirth soll nämlich nicht in eine detaillierte Nacherzählung der schwierigen Aufarbeitung des Verbrechenskomplexes Lager Weyer ausarten. Daher schildere ich die nächsten zwölf Monate besser im Zeitraffer.

Es kommt zu etlichen Modifizierungen des Entwurfs der Anklageschrift, teils durch Interventionen des kommissarischen Justizministers, teils durch Anregungen des Linzer Generalstaatsanwaltes, der im August freilich deren »eheste Einbringung« anmahnt, weil der Gauleiter sich immer massiver einmischt. Am einundzwanzigsten August geht sie endlich zur Genehmigung nach Berlin ab. Neuwirth nimmt sich während der Wartezeit die Strafsache gegen SA-Obersturmbannführer Franz Kubinger, den Gaubeauftragten für Arbeitserziehung, wegen Missbrauchs der Amtsgewalt vor. Doch der Beschuldigte erscheint laut Aktenvermerk auf Anraten des Gauleiters unentschuldigt nicht zu den Vorladungen. Trotzdem hat Neuwirth im Dezember auch diese Anklage fertig.

Jetzt staut sich die Sache eindeutig beim Justizminister, dem es noch vor kurzem nicht schnell genug gehen konnte. Kann gut sein, dass mittlerweile die Reichskanzlei ihrerseits Druck auf Schlegelberger auszuüben begonnen hat. Oberstaatsanwalt Neuwirth urgiert mehrfach, doch vorderhand bleibt alles in der Schwebe. Anfang März interveniert

Gauleiter Eigruber beim Generalstaatsanwalt erneut, die drei ungebührlich lange in Gewahrsam befindlichen Beschuldigten bis zur Entscheidung über die Anklage zu enthaften. Der bleibt standhaft und lehnt zum wiederholten Male ab.

Anderthalb Monate später kann Eigruber endlich triumphieren. In einem Telefonat kündigt er der Staatsanwaltschaft bereits an, was zwei Tage später auf Doktor Neuwirths Schreibtisch landen wird:

»Die Strafverfahren gegen
1. den Fleischhauer August S t e i n i n g e r
2. den Hilfsarbeiter Alois R o t h e n b u c h n e r
3. den Tischlergehilfen Josef M a y e r h o f e r
4. den Lagerführer Josef W i m m e r
5. den Gaufachabteilungsleiter Franz K u b i n g e r
1 St. 1379/40 und 631/41 der Staatsanwaltschaft Ried (Innkreis) schlage ich mit Ermächtigung des Führers nieder.
Berlin, den 16. April 1942
Der Reichsminister der Justiz
Mit der Führung der Geschäfte beauftragt
Schlegelberger«

Durch das Einschreiten der Reichskanzlei ist die Sache zugunsten des Gauleiters entschieden. Spätestens seit der Jahreswende hat sich das schon abgezeichnet. Mit sofortiger Wirkung werden die drei Erstgenannten aus der Untersuchungshaft entlassen. Oberstaatsanwalt Neuwirth muss es so vorkommen, als sei alles umsonst gewesen. Dass dem nicht so ist, wird er nicht mehr erleben. Zwar sind die Akten lange Zeit nicht auffindbar, aber sie bleiben erhalten. Dereinst wird es mir daher möglich sein, die Vorgänge um das Arbeitserziehungslager Weyer als exemplarische literarische

Studie über die Mechanismen staatlicher Barbarei genau zu rekonstruieren.

Was die verbleibenden drei Kriegsjahre anlangt, lasse ich mir bei der Beurteilung von Doktor Josef Neuwirths Bilanz als Repräsentant der NS-Justiz von mehreren prominenten Politikern der Zweiten Republik helfen, ohne deren Urteil unkritisch zu übernehmen. Vizekanzler Adolf Schärf, der oberösterreichische Landeshauptmann Heinrich Gleißner und der Linzer Bürgermeister Ernst Koref werden sich gleichermaßen für die Rehabilitierung des zunächst Entlassenen und 1948 in den dauernden Ruhestand Versetzten stark machen. Das fällt ihnen umso leichter, weil die alliierten Untersuchungen zu dem vorläufig im Camp Marcus W. Orr Internierten ergeben haben werden, dass er als Minderbelasteter einzustufen sei.

In der Tat ist die Causa Weyer nicht das einzige Beispiel für Josef Neuwirths kluges, die engen Grenzen des Unrechtsstaates ausreizendes, ja provokantes Verhalten als Staatsanwalt. Im Rahmen des gerade noch Möglichen lässt er in tiefe Abgründe blicken, auch wenn ihm die Hände gebunden sind, gewissen einflussreichen Personen den verdienten Prozess zu machen. Die berechtigte Frage, wie es einem solchen Mann gelingen kann, im NS-Staat nicht nur im Amt zu bleiben, sondern sogar noch befördert zu werden, muss ich unbeantwortet lassen. Aber bilden Sie sich bitte selbst ein Urteil:

»Am 21. 6. 1942 wurde der Pfarrer von Friedburg, Kreis Braunau am Inn, Josef Forthuber, am Dachboden des Pfarrhauses völlig entkleidet vor einem Spiegel des Pfarrhauses erhängt aufgefunden. Nach Beiziehung des Gemeindearztes stellte die Gendarmerie Selbstmord durch Erhängen fest.« So beginnt Doktor Josef Neuwirths Niederschrift zu einem weiteren heiklen Fall. »In der Folge wurden von unbekannten

Tätern an den Gendarmerieposten Friedburg nicht unterfertigte Schreiben gerichtet.«

In diesen anonymen Briefen werden, so Neuwirth, der örtliche Gendarmeriemeister, der Bürgermeister, der Ortsgruppenleiter und ein SA-Scharführer des Mordes an Josef Forthuber bezichtigt. »Ausserdem knüpften sich an den Selbstmord in der Folge eine Unzahl von Gerüchten, die sämtliche zum Inhalt hatten, dass der Pfarrer aus politischen Gründen von politischen Funktionären ermordet und der Selbstmord nur vorgetäuscht worden sei.«

Nicht gegen die namentlich genannten Nationalsozialisten und den Gendarmen richten sich aber Josef Neuwirths Ermittlungen, sondern gegen die unbekannten Briefeschreiber sowie gegen eine Frau aus dem Ort, die wegen Verleumdung angezeigt wurde. Die Dame sei zweifelsfrei eine Verbreiterin des Gerüchts, dass der Pfarrer nicht durch eigene Hand gestorben sei und dass der Gendarmeriemeister »in Beziehung auf den Tod des Pfarrers sich geäussert habe, dass er sich erschieße, wenn diese Angelegenheit aufkomme«. Da sie aber keine konkreten Personen verleumdet habe, so Josef Neuwirths überraschendes Resümee, halte er die Einstellung des Verfahrens gegen die Beschuldigte für gerechtfertigt.

Diese Darstellung kann nur auf zweierlei Weise gelesen werden: Entweder fehlt Doktor Neuwirth jede Logik, und er ist ungeeignet für seinen Beruf, da er zuerst festhält, die Dame habe ohne Zweifel verbreitet, ein bestimmter Gendarmeriebeamter hätte gesagt, er werde sich umbringen, wenn alles aufkommt, dann aber das Verfahren gegen sie einstellt, weil sie keine *bestimmte* Person verleumdet habe. Oder aber, wesentlich wahrscheinlicher ist das, Neuwirths Ermittlungen ergaben, dass der Gendarm sich tatsächlich in diesem Sinne geäußert habe. Dann könnte von Verleumdung natürlich keine Rede sein, und die Einstellung des Verfahrens würde als Konsequenz unumgänglich gewesen sein.

Neue Ermittlungen wegen Mordverdachtes anzustrengen, wie das in einem Rechtsstaat der nächste logische Schritt wäre, kann sich Josef Neuwirth angesichts der dafür in Betracht kommenden dörflichen Politprominenz offenbar nicht leisten. Damit würde er sich wohl zu weit aus dem Fenster lehnen. Indem er immerhin den Mut hat, die Beschuldigte aus der Schusslinie zu nehmen und alles so zu formulieren, wie er es tut, legt er den Grundstein für die Bemühungen eines engagierten Paares, viele Jahrzehnte später doch noch etwas Licht ins Dunkel dieser Friedburger Geschichte zu bringen.

Aber einen Heiligenschein trägt Doktor Neuwirth nicht. Dass sich die volle Rehabilitation bis ins Jahr 1953 hinziehen wird, liegt nicht zuletzt an seiner Bestellung zum Leiter der Anklagebehörde beim Sondergericht in Linz im Oktober 1944. Hätte er eine Chance gehabt, sich dieser Verantwortung zu entziehen? Hat er gar ernsthaft die Hoffnung, auch in dieser Funktion Schlimmeres verhindern zu können? Je näher das Ende der NS-Herrschaft rückt, desto schrecklicher wütet die Justiz gegen alle und jede, die in ihre Fänge geraten. Die meisten Urteile lassen jede Verhältnismäßigkeit zu den Tatbeständen vermissen. Und die Stichhaltigkeit der angeklagten Vorwürfe ist ein Kapitel für sich. Dass Neuwirths berufliches Tun während dieser Monate nur in einem einzigen Fall als höchst problematisch eingestuft werden wird, ist zwar ein relativ gutes Zeichen. Doch wirklich beruhigend ist es nicht.

Neuwirth wird die Mitwirkung an der Vollstreckung von zwölf politisch motivierten Todesurteilen wegen Hochverrats unmittelbar vor Kriegsende angelastet. Bereits ein halbes Jahr zuvor waren sie von einem Volksgerichtshofsenat in Berlin gefällt worden. Jetzt, just am Tag, als Hitler sich mittels Selbstmord von allem feige verabschiedet, was er und die Seinen angerichtet haben, müssen diese Bedauernswerten noch sterben, und zwar in Linz.

Josef Neuwirth wird zu seiner Rechtfertigung eine Dienstreise ins Treffen führen, die er vom achtundzwanzigsten April bis zum zweiten Mai unternommen habe. Während seines Aufenthaltes in Ried sei die Befehlsgewalt über einen Zwischenschritt an den Ersten Staatsanwalt Siroky übergegangen, der »während meiner Abwesenheit und ohne meine Befragung die Vollstreckungen der Todesurteile durchführte. Ich selbst habe in den letzten Apriltagen Todesurteile selbst bei rein kriminellem Sachverhalt nicht mehr durchgeführt und hätte umso weniger diese Todesurteile vollstrecken lassen.«

Richard Siroky muss Neuwirth als fanatischer, skrupelloser Nationalsozialist bestens bekannt gewesen sein. In diesen wenigen Tagen richtete er vor allem bei den Standgerichtsverfahren ein Blutbad nach dem anderen an. So geht etwa die Hinrichtung von fünf Männern aus Peilstein im Mühlviertel wegen Wehrkraftzersetzung auf sein Konto. Sie waren dabei erwischt worden, als sie einer improvisierten Panzersperre zu Leibe rückten, indem sie einen dafür verwendeten Baumstamm zur Seite räumten.

Kann Doktor Josef Neuwirth in solch einem Umfeld seine Hände wirklich so leicht in Unschuld waschen? Muss man im Chaos des Untergangs eine Dienstreise antreten, wenn man allen Grund zur Annahme hat, dass ein möglicher Stellvertreter nur darauf wartet, endlich freie Bahn fürs Töten zu haben? Ich stelle bloß Fragen, ich weiß keine Antworten.

Das Verfahren gegen Doktor Josef Neuwirth wegen der Mitwirkung an der Vollstreckung der zwölf Todesurteile wird nach jahrelangen Ermittlungen eingestellt werden. Die übrigen polizeilichen Erhebungen zum beruflichen Verhalten Neuwirths während der NS-Zeit münden in eine Beurteilung, die dem, was mir selbst zu recherchieren möglich war, ziemlich genau entspricht. Danach habe er sich als Jurist stets streng an die rechtlichen Vorschriften gehalten und sei »deshalb mit der Geheimen Staatspolizei dauernd in Konflikt geraten«. Zusammenfassend wird ihm von den österreichischen Behörden bedenkenlos ausgerechnet das Adjektiv »anständig« zugeordnet. Durch die inflationäre und seiner ursprünglichen Bedeutung hohnsprechende Verwendung im Dritten Reich, vor allem aber auch im Jargon der längst wieder selbstbewussten Ehemaligen müsste dieses Wort unter Demokraten momentan eigentlich völlig diskreditiert sein.

Während Josef Neuwirth 1946 als Justizorgan des Dritten Reiches in Glasenbach interniert ist, steht im Mauthausen-Hauptprozess August Eigruber vor Gericht. Dabei tritt der amerikanische Chefankläger William Denson de facto in Neuwirths staatsanwaltschaftliche Fußstapfen, wenn er den für Weyer letztverantwortlichen Schreibtischtäter gehörig in die Mangel nimmt, und zwar beileibe nicht nur zu Mauthausen und Hartheim. Das spielt sich in Dachau ab, wo einige der Weyer-Häftlinge wie August Rössler oder Doktor Edmund Haller ihr schreckliches Ende fanden. Immer wieder Darmkatarrh in Kombination mit Herz- und Kreislaufversagen.

William Denson ist bestens vorbereitet und erkundigt sich unter anderem nach den einundfünfzig Häftlingen, die Eigruber aus seinem eigenen KZ nach Mauthausen überstellen hat lassen. Der Ex-Gauleiter bestreitet energisch, ein eigenes KZ gehabt zu haben. »Kennen Sie einen gewissen Franz Kubinger?«, insistiert Denson. »Haben Sie nicht zusammen mit ihm ein KZ betrieben?« Eigruber flüchtet sich wieder einmal ins Dummstellen. Erstens sei Weidermoos, wie Weyer in der englischen Niederschrift etwas inkorrekt heißt, nicht Gegenstand des Verfahrens, und zweitens habe es sich dabei um ein Arbeits- und um kein Konzentrationslager gehandelt. Er habe rein gar nichts damit zu tun gehabt. Betrieben wurde es nämlich, so Eigrubers dreiste Lüge, von der Gestapo. Himmler habe ihn nie um seine Zustimmung gefragt. Denson glaubt ihm kein Wort. Ob er auch bestreiten wolle, dass es in Weidermoos zu Gewaltexzessen gekommen sei? Nein, das nicht, meint der Angeklagte und hebt mit geschwellter Brust hervor, dass fünf oder sechs Verantwortliche dafür auch verhaftet und der Justiz übergeben wurden. Also alles bestens.

Als ab 1948 die Volksgerichtsprozesse in Sachen Weyer-Sankt Pantaleon stattfinden, ist Josef Neuwirth, mittlerweile wieder auf freiem Fuß, nur ein einziges Mal als Zeuge geladen, und zwar in der vorletzten Hauptverhandlung, bei der sich im Jänner 1949 Alois Rothenbuchner verantworten muss. Im Unterschied zu Neuwirth selbst vor nunmehr acht Jahren interessieren sich die Staatsanwälte jetzt ausschließlich für die Gewaltverbrechen im Arbeitserziehungslager und illegale Mitgliedschaften in Partei und SA während des Ständestaates. Alles andere, die Gründe der Einweisungen, das Vorgehen der politisch Verantwortlichen im Schatten der Lagerwache und des Kommandanten, der Komplex Zigeuneranhaltelager und manches mehr, kommt so gut wie gar nicht zur Sprache.

Die Akten aus den Jahren 1940 bis 1942 sind größtenteils unauffindbar, längst erhobene Fakten, Geständnisse und wichtige Zeugenaussagen bleiben dem Volksgericht somit unbekannt. Praktische Persilscheine der katholischen Kirche sowie von ÖVP, SPÖ und in einem Fall sogar von der KPÖ entlasten die ehemalige Lagerleitung und die politisch verantwortlichen Hintermänner.

Während die Angeklagten viel Verständnis finden und fast allen außerordentliche Milderungsgründe zugebilligt werden, bleiben ihre Opfer zumeist konturlos, ihrer Individualität und persönlichen Geschichte beraubte geschundene Körper. Ganz so unschuldig werden sie sicherlich nicht nach Weyer gekommen sein, mag sich mancher empathiefreie Gerichtskiebitz denken, beharren die Angeklagten und ihre Entlastungszeugen doch im wesentlichen auf ihrer Darstellung, ausschließlich permanente Gewaltanwendung habe die Ordnung im Lager aufrechterhalten können. Immerhin habe man es mit Asozialen zu tun gehabt, bei denen oft zwanzig bis dreißig Vorstrafen zu Buche standen. Und ganz so arg, wie hier getan werde, sei es sowieso nicht zugegangen.

Ex-Gauinspekteur Stefan Schachermayr zum Beispiel schwingt sich im Zeugenstand ungebrochen zum glühenden Verteidiger seines durch den Strang hingerichteten Busenfreundes August Eigruber auf. Keineswegs habe dieser Tötungshandlungen decken wollen, um unter anderem gravierende finanzielle Unregelmäßigkeiten rund ums Lager zu verheimlichen. Vielmehr sei es ihrer beider Absicht gewesen zu verhindern, dass die Zustände im Lager von erklärten Gegnern des Nationalsozialismus aufgebauscht und weiter verbreitet würden. Es wirkt so, als dächte Schachermayr dabei nicht zuletzt an Josef Neuwirth.

Doch der bleibt in seinen Einlassungen vor dem Volksgericht für seine Verhältnisse auffallend zurückhaltend, fordert im neuen Rechtsstaat nicht vehement ein, wofür er im Unrechtsstaat so viel riskiert hat. Merkwürdig ist das. Während Leute wie Schachermayr souverän auftreten und vorgeben, alles zu wissen und genau erklären zu können, wirkt Neuwirth fahrig, unkonzentriert, saft- und kraftlos, immer wieder macht er geltend, sich leider nicht mehr erinnern zu können. Ich kann ihm das so nicht abnehmen, zu einschneidend muss für ihn das in Zusammenhang mit Weyer Erlebte gewesen sein.

Laut Protokoll soll Josef Neuwirth zum Beispiel aussagen: »Das Verfahren hat sich sehr lange hinausgezogen. Nach einiger Zeit kam dann der Akt mit dem Niederschlagungsdekret aus Berlin zurück. Ich glaube, es war von einem gewissen Schlegelberger unterzeichnet.« Das klingt einfach nur grotesk, denn der gewisse Schlegelberger war niemand Geringerer als der amtierende Reichsjustizminister. Mit Doktor Franz Schlegelberger hat Neuwirth monatelang intensiv korrespondiert. Erst vor einem guten Jahr endete der Nürnberger Juristenprozess vor einem amerikanischen Militärgericht, bei dem sechzehn prominente Vertreter der NS-Justiz vor Gericht standen. Schlegelberger war der ranghöchste unter ihnen. Ist es denkbar, dass dieses spektakuläre Verfahren am Juristen Josef Neuwirth spurlos vorbeigegangen ist? Ich kann mir das einfach nicht vorstellen.

Seine Familie spricht, als ich sie zu diesem irritierenden Auftritt befrage, von Resignation im Zusammenhang mit den Erfahrungen der Glasenbach-Internierung und den verschwundenen Unterlagen zu Weyer-Sankt Pantaleon. Die lange Zeit im Camp Marcus W. Orr seit Februar 1946 könnte in der Tat eine wesentliche Ursache für Neuwirths seltsames Verhalten vor Gericht sein. Im Lager Glasenbach war er mit vielen ehemaligen Gegenspielern, von Schachermayr bis zu Lagerkommandant Steininger, gemeinsam eingesperrt. Er wird da keinen leichten Stand gehabt haben. Gut möglich, dass er auch bedroht wurde.

Auch der Rückzug innerhalb der Familie verstärkt sich weiter, obwohl jetzt doch Gelegenheit wäre, lange Versäumtes nachzuholen. Wie viele Menschen seiner Generation begnügt Josef Neuwirth sich in Auseinandersetzungen mit den Kindern gern mit Anordnungen und Behauptungen, nur wenig wird begründet. Sein Nachwuchs, durchwegs künstlerisch begabt wie der Vater, hofft bei ihm vergeblich auf Verständnis für die geplante eigene Künstlerexistenz. Der im Grunde seines Herzens unglückliche Vater, so formuliert es zumindest sein ältester Sohn, will der nächsten Generation die eigene Wunschversagung von damals aufzwingen.

Doch die Kinder werden sich nicht abhalten lassen. Zwar wird der mittlere Sohn, ein hochbegabter Pianist, dem Vater die Freude machen, das Jusstudium abzuschließen. Wie sein älterer Bruder, der Komposition sowie Musik- und Theaterwissenschaften studiert, wird er sich später hauptberuflich der Musik zuwenden. Und beide werden, in unterschiedlichen Sparten, damit Erfolg haben.

Dass sich Josef Neuwirths verbleibende Energie in diesen Jahren völlig auf die Wiederherstellung seines guten Rufs und eine mögliche Rückkehr in den Beruf konzentriert, hat sicherlich zu einem Gutteil mit dem verständlichen Bedürfnis nach Selbstachtung zu tun. Was bleibt ihm vor sich selbst, wenn ausgerechnet er als juristischer Paria dastehen muss, während nicht wenige in die Verbrechen der NS-Justiz verstrickte Kollegen von einst ihre Laufbahn ungehindert fortsetzen dürfen?

Als er endlich doch reingewaschen ist, besinnt sich Josef Neuwirth seiner geographischen wie politischen Wurzeln. Ried im Innkreis kommt für den erhofften Neustart nicht in

Frage. Mit Johanna und den halbwüchsigen Kindern kehrt er in seine Geburtsstadt Graz zurück. Er tritt der SPÖ bei und dem Bund sozialistischer Akademiker. Steirische Politgranden sorgen nun umgehend für die Beschleunigung eines neuen Karriereschubs. Doktor Josef Neuwirth wird schließlich Senatspräsident beim Oberlandesgericht Graz. Sein Ehrgeiz ist damit aber nicht gestillt. 1959 bewirbt er sich gar um eine Richterstelle beim Obersten Gerichtshof in Wien, allerdings vergeblich.

Schilderungen seiner Frau legen nahe, dass ihm zwar das wiedergewonnene Ansehen, die Selbstbestätigung, im Justizapparat leitende Funktionen bekleiden zu dürfen, einige Befriedigung verschafft. Über die von ihm selbst einst unter schwierigsten Bedingungen eisern verfochtene Unabhängigkeit der Rechtspflege, natürlich auf Basis der je geltenden Gesetze, macht er sich aber keine Illusionen mehr, auch nicht in einem mittlerweile weitgehend konsolidierten demokratischen Gemeinwesen wie dem Österreichs. Gerade in seinen letzten Amtsjahren klagt er Johanna gegenüber öfters über unverfrorene, von Erfolg gekrönte Interventionen führender Landespolitiker in laufende Verfahren. Natürlich nicht in den extremen Auswirkungen, wohl aber strukturell lägen die Parallelen zu dem, was er von früher kannte, auf der Hand.

Ende 1963 wechselt Josef Neuwirth nun tatsächlich regulär auf Dauer in den Ruhestand. Zu seinen ehemaligen Kollegen aus der Justizbranche bricht er, habe ich mir sagen lassen, in der Folge so gut wie alle Kontakte ab. Die Kinder sind längst aus dem Haus. Sein Rückzug ins Privateste, seine Affinität zur klassischen Musik, die Johanna nie geteilt hat, und zum Einzelgängertum gleiten mählich über in einen geistigen Abbauprozess. Zuletzt lebt er in einer eigenen Welt. 1981 stirbt Doktor Josef Neuwirth im Alter von dreiundachtzig Jahren.

Rosenfels, Albine

»Ich war bis zum Jahre 1938 im Besitze einer Lizenz für Schausteller. Mit der Eingliederung Österreichs in das Deutsche Reich wurde mir die Lizenz entzogen, weil ich nicht in der Lage war, den Ariernachweis zu erbringen, da ich angeblich von Zigeunern abstammen soll. Seit diesem Zeitpunkt war ich unter ständiger Bewachung der Gestapo. Ich wurde in den Rüstungseinsatz in das ehemalige Göringwerk dienstverpflichtet, durfte das Stadtgebiet nicht verlassen und wurde nur deshalb nicht in das KZ abgegeben, weil ich als fleißige und gute Arbeiterin von meinen Dienstgebern geschildert wurde.

Meine Mutter Cäcilie Kohlberger starb im KZ-Auschwitz.

Mein Bruder Julius Kohlberger ging mit 3 Kindern im KZ Dachau zugrunde.

Meine Schwester Albine Rosenfeld starb mit ihren 8 Kindern im Lager Litzmannstadt, alle aus dem Grunde, weil wir Nichtarier waren.

Ich bin daher als rassisch Verfolgte im Sinne des Opferfürsorgegesetzes schwer geschädigt.

Meiner Schwester Albine Rosenfeld, die im Besitze einer Schausteller Lizenz war, wurden alle zum Betriebe notwendigen Gegenstände eingezogen.

Auch mir wurde alles was zum Betriebe einer Schaustellerlizenz notwendig war, abgenommen, ohne mir jemals etwas hiefür zu vergüten.«

So fasst die ledige Linzerin Maria Kohlberger nach dem Krieg, der für ihresgleichen ein Vernichtungskrieg war, das Schicksal ihrer Familie zusammen. Sie kann bestenfalls hoffen, dass diese ihre für Behördenzwecke betont sachlich ausgefallene, aber gerade deswegen merkwürdig erschütternde Schilderung ausreicht, um Ansprüche nach dem Opferfürsorgegesetz zu begründen. Ihr persönlich ist ja so gut wie nichts passiert, der Kopf sitzt doch noch oben, wie das ein humoriger Beamter einer anderen Sintiza gegenüber formuliert, das bisschen Besitzverlust, Einschränkung der Bewegungsfreiheit, ausbeuterische Zwangsarbeit, jahrelange Todesangst und die zugegeben tragische Ausrottung so gut wie der gesamten Verwandtschaft, na gut, wenn Sie unbedingt darauf bestehen. Wir werden von uns hören lassen. So oder so ähnlich pflegen sich die Behörden zu äußern.

In Frau Kohlbergers Darstellung kommt auch der Name ihrer Schwester Albine Rosenfels vor, und die Erwähnung des schrecklichen Endes der achtfachen Mutter in Litzmannstadt verweist natürlich sofort auf Weyer-Sankt Pantaleon. Übrigens: Dass Maria »Rosenfeld« schreibt, ist kein Grund, irritiert zu sein. Die offiziellen Vor- und Zunamen ihrer Leute werden von den Sinti so gut wie nie verwendet, bei ihnen heißen alle Menschen anders. Der weitverbreitete Nachname Rosenfels ist allein in Weyer nicht weniger als dreißigmal belegt, von A wie Albine bis Z, ihrer nach der Großmutter benannten Tochter Zäzilia, die lediglich zwei Jahre alt werden darf.

Am vorletzten Tag des Jahres 1904 wird Albine Kohlberger in eine Schaustellerfamilie geboren. Über Details aus ihrem Leben habe ich leider nur ähnlich wenig wie über andere Frauen im Zigeuneranhaltelager Weyer-Sankt Pantaleon in Erfahrung bringen können. Warum ich dann ausgerechnet sie für das einzige Frauenporträt in diesem Buch gewählt habe?

Einerseits hat das natürlich mit Bruder und Schwester zu tun, die beide auf ihre eigene Weise mehr nachvollziehbare

Konturen für das Gesamtverständnis der Ungeheuerlichkeiten hinterlassen haben als viele andere zwangsweise Verblichene. In erster Linie liegt es aber an einem kurzen Lebenszeichen aus Albines Hand, das als einziges mir bekanntes schriftliches Zeugnis jemandes, der in Weyer interniert war, direkt aus dem Lager überliefert ist.

Albines Nachricht erreicht die jüngere Schwester an ihrer Adresse in der Verlängerten Kirchengasse. Die Wohnung liegt direkt am Gelände des Urfahraner Jahrmarkts, der im Frühling und Herbst die Massen anzieht. Auch dort ging die Familie seit Generationen dem Schaustellergewerbe nach. Das ist vorbei. Frau Kohlberger hat sich seither mit Gelegenheitsarbeiten durchgeschlagen, im Moment ist sie noch als Verkäuferin bei einem Milchstand auf der Linzer Landstraße beschäftigt. Aber schon bald, nach Inbetriebnahme der neuen Hermann-Göring-Werke, wird sie, um ihr eigenes Leben zu retten, mithelfen müssen, die Kriegsmaschinerie eines Verbrecherregimes am Laufen zu halten, das weit über ein Dutzend ihrer engsten Verwandten einen nach dem anderen, eine nach der anderen, umbringen lässt.

Unter dem Datum des neunundzwanzigsten März 1941 zwängt Albine Rosenfels in kleinwinziger Schrift folgende Worte auf eine mit sechs Reichspfennig frankierte Postkarte: »Liebe Schwester! Ich danke dir für die Grüße, die du mir durch Julius geschikt hast samt Kinder ich hätte dir schon lange von hir geschrieben aber du kannst es dir nicht vorstellen wie schwer es mir ist von hir an dich zu schreiben ich bin seit dem 6./3. hir und du weist doch als ich am 4/3 in Linz war was man mir versprochen hatt du kannst dir nicht denken wie es in mir aus schaut da ich Unter diese Menschen sein und sehn muß die an meinem schicksal schuld sind ich meine oft es trükt mir das Herz ab liebe Mitzi teile dir auch mit das mein zukünftiger Mann in Wildshut in Arbeit steht und wegen unserer trauung müssen wir noch warten liebe Mitzi, frag einmal Herrn K. warum nicht ich auch in Zöhrendorferfeld nicht stehn darf wie alle anderen Schausteller es sind doch so viele dort die ganz gleich sind wie wir im gegenteil wie Pichler Schullmann u Grüni u noch viele die ich nicht kenne. teile dir auch mit das Klein Gitti krank ist u es ist kein Wunder laß mir meine Mutter u Bruno schön grüßen.«

Zu diesem Zeitpunkt befindet sich Cäcilie Kohlberger, die Mutter von Mitzi, Albine, Anna und Julius, noch in Freiheit. Sie ist bei der Tochter untergekommen. Mit einundsechzig wird sie in Auschwitz ermordet werden. Da wird man ihre Kinder Albine und Julius samt der Enkelschar längst schon umgebracht haben.

Eigentlich, denke ich mir, könnte ich an dieser Stelle das Kapitel schon schließen. Frau Rosenfels vermittelt in wenigen Originalzeilen vielleicht mehr über die Bedrängnis, das Leid, die lähmende Ungewissheit und vor allem über die für Betroffene so bedrückende, undurchschaubare Willkür der Machthaber, als das meine bescheidenen Versuche, einige der Menschen aus Weyer mit meinen Worten ihrer Spurlosigkeit zu entreißen, auf rund hundertachtzig Buchseiten leisten können.

Jeder Brief, jede Postkarte unterliegt selbstverständlich der Zensur. Kriminalpolizisten entscheiden, was zulässig ist und was nicht. So kann Albine Rosenfels nur andeuten, wie verheerend die hygienischen Zustände im Lager sind. An diesem trüben Samstag schüttet es den ganzen Tag bei nur wenigen Plusgraden, die Böden außerhalb der überfüllten Baracken sind vollgesogen und aufgeweicht. Kurz darauf wird es die ersten Toten geben, wenig überraschend wird es die Schwächsten treffen, kleine Kinder. Das ließe sich nach menschlichem Ermessen verhindern, man hat aber kein Interesse daran.

Obwohl ihr die triste Umgebung, die Gegenwart von Leuten, die sie für ihre Misere verantwortlich macht, fast das Herz abdrückt, hat Albine Rosenfels noch lange nicht zu kämpfen aufgehört, nimmt sie das Eingesperrtsein als eine vorübergehende Schikane. Ihresgleichen hat ja reichlich Erfahrung damit. Immer noch hofft sie, mit dem neuen Mann an ihrer Seite und den Kindern in den Süden von Linz zurückkehren zu können, ins Zöhrendorferfeld, eine traditionelle Wohngegend der Sinti. Dort werden die Nazis im Mai 1943 das Arbeitserziehungslager Schörgenhub errichten und ich ein Menschenalter später für einen meiner Filme mit großem Aufwand konservierte, reich verzierte Vorkriegswohnwagen der Sinti wenigstens von außen ins Bild setzen dürfen, Denkmäler und in Ehren gehaltene Wohnorte für die Seelen derer, die einst darin lebten.

Ende März 1941 rechnet die siebenunddreißigjährige, von ihrem ersten Mann geschiedene Albine Rosenfels also fix mit ihrer bevorstehenden Wiederverheiratung, mit einer gemeinsamen Zukunft, wenngleich die ersehnte Hochzeit unter den Lagerbedingungen vorläufig nicht stattfinden kann. Sie muss noch warten. Es wird vergeblich sein.

Albines Postkarte beantwortet ein Schreiben Mitzis an ihrer beider Bruder Julius. Der, in Steyr wohnhaft und bis zum Tag der Verhaftung in einem festen Arbeitsverhältnis, wurde kurz nach seiner eigenen Familie als erstes der Geschwister schon Anfang Februar in Weyer interniert.

Abgesehen vom Ausnahmefall der Familie Bogner, die am Tag der Auflösung von Weyer überraschend ins Linzer Polizeigefängnis verlegt werden wird, sind insgesamt lediglich zwei weitere Überstellungen aus dem Zigeuneranhaltelager aktenkundig. Die eine betrifft einen gewissen Anton Lichtenberger, der ins Zigeunerlager Maxglan am Rand der Stadt Salzburg gebracht wird, die andere Julius Kohlberger.

Es ist bekannt, dass manche Mitglieder getrennter Sintifamilien darum ersuchen, deswegen in ein anderes Lager zu ihren Leuten wechseln zu dürfen. Solche Bitten werden im allgemeinen nicht einmal ignoriert. Julius Kohlberger will sicherlich nicht aus freien Stücken ins KZ Dachau verlegt werden. Vielmehr muss er sich in Weyer besonders exponiert haben, das legt die Einmaligkeit dieser Maßnahme nahe.

Am vierzehnten Juli 1941 verfrachtet man den Vierunddreißigjährigen jedenfalls nach Bayern in die Terrorstätte am Rand der beschaulichen alten Stadt an der Amper, wo der Münchner Hof lange Jahre oben im Schloss seine Sommerresidenz hatte. Kohlberger firmiert in Dachau als Nummer sechsundzwanzigtausendsechshundertsechsundachtzig. Noch am siebzehnten Dezember desselben Jahres transportiert man ihn weiter nach Oranienburg nördlich von Berlin. Dieses Konzentrationslager ist unter dem Namen Sachsenhausen bekannt.

Auch von Herrn Kohlberger ist ein an seine Schwestern Maria und Anna sowie an den Schwager gerichteter Brief vom Juni 1942 erhalten geblieben, den er in Sachsenhausen verfassen wird. Julius deutet darin an, dass Maria eineinhalb Jahre zuvor alle Hebel in Bewegung gesetzt haben muss, um ihn, Albine und die anderen aus Weyer herauszubekommen: »Ich vergesse dir das nicht, waß du auch geleistet hast fürs Lager Weyer für die Familie und noch dauernd leistest für mich, auch Anna hatt für mich sich schon sehr aufgerieben und mir mindestens 50mal geschrieben solange ich im Lager bin.«

Das eine oder andere Päckchen, die sehnlichst erwarteten brieflichen Lebenszeichen der wenigen noch nicht in den Lagern verschwundenen Verwandten sind die einzigen Strohhalme, an die der um alles gebrachte Mann sich noch klammern kann. Frau und Kinder, das dürfte ihm sehr wohl bewusst sein, hat er da schon an den gewaltsamen Tod verloren. Der wird keine drei Monate nach diesen Zeilen an die Geschwister auch Julius Kohlberger selbst ereilen, in Sachsenhausen bloß noch die Nummer vierzigtausendfünfhundertachtundfünfzig, und zwar am neunzehnten September 1942. Intern wird die Ruhr als Ursache festgehalten werden. Vom bedauerlichen Ableben ihres Gatten wird die Oranienburger Lagerleitung ordnungsgemäß seine bereits durch andere Nazischergen ermordete Frau Maria verständigen. Man kann ja nicht alles wissen.

Das ist aber nicht die einzige Ungeheuerlichkeit, die diesen elenden Schimmelbrief auszeichnet, in welchem der zuständige Herr SS-Obersturmbannführer die üblichen Lügen von der besten medikamentösen und pflegerischen Behandlung verzapft, die leider nicht ausreichte, der in diesem Schreiben ungenannten Krankheit des Patienten Herr zu werden. Es grenzt an ein Wunder, dass der zynische Irrläufer mit einiger Verzögerung der anderen Maria Kohlberger, Julius' Schwester Mitzi, zugestellt werden wird. Fast ein ganzes Jahr nach der Räumung des Zigeuneranhaltelagers im Innviertel wird das amtliche Schriftstück nämlich an »Frau Maria Kohlberger, Weyer Post Wildshut, Lager Ziernendorferfeld Nr. 6« auf die Reise gehen. Das ist eine nachgerade aberwitzige Mischung aus der verballhornten Wohngegend von Julius' anderer Schwester Albine in Linz, wo auch er als junger Mann lebte, und den Adressdaten des ersten Lagers, in dem Herr Kohlberger mit Frau und Kindern einsaß, samt der richtigen Hausnummer sechs. Die stimmt für Weyer wie für Linz. Mit der Mitzi hat natürlich nichts davon zu tun. Weder war sie im Innviertel inhaftiert noch wohnt sie zu dieser Zeit im Zöhrendorferfeld.

Dass sie selbst in ihrem Opferfürsorgeansuchen nach dem Krieg Sachsenhausen als Sterbeort von Julius mit Dachau verwechseln wird, ist angesichts der letztlich unüberblickbaren Monstrosität dessen, was sie zu schildern gezwungen ist, nur allzu gut verständlich. Auf der anderen Seite gilt es, dem legendären Ruf der Nazibürokratie, unbarmherzig exakt zu sein, grundsätzlich mit Misstrauen zu begegnen. Albine Rosenfels selbst ist das beste Beispiel dafür, denn ihr werden ganz offiziell zwei Tode zu verschiedenen Zeiten an verschiedenen Orten zugeordnet.

So viel steht fest: Mit all ihren Lieben tritt sie schon am vierten November 1941 im Viehwaggon die lange, scheinbar letzte Reise ins Zigeunerghetto Litzmannstadt an. Das entstand erst unmittelbar zuvor gegen den heftigen Widerstand der lokalen NS-Behörden gleich neben dem Judenghetto in dem von seinen früheren polnischen Bewohnern zwangsweise verlassenen, im Verhältnis lächerlich kleinen Häuserblock zwischen Towianska-, Starosikawska- und Glowackastraße.

Manchen Zigeunern ist es gelungen, ihre Geigen und Gitarren mitzunehmen. Anfangs dringt ihr Spiel bis hinüber zu den Juden, wie Überlebende berichten werden, dann nimmt man ihnen die Instrumente ab. Von den aus dem ehemaligen Österreich angelieferten fünftausendundsieben Personen sterben gleich in der ersten Woche zweihundertdreizehn. Die Versorgung mit Lebensmitteln ist katastrophal, schwere Krankheiten brechen aus, durch das Los bestimmte jüdische Ärzte von nebenan können wenig mehr tun als den Sinti und Roma beim Sterben zusehen.

Auch Albine Rosenfels dürfte es nicht erspart bleiben, zumindest einige ihrer Kinder, von Fieberkrämpfen geschüttelt, an Typhus, Diphterie, Ruhr, Scharlach, Keuchhusten oder anderen Seuchen verrecken, andere schlicht verhungern zu sehen. Ihr eigenes Todesdatum wird vom Gesundheitsamt Litzmannstadt mit dem sechsten Jänner 1942 festgesetzt. Zu diesem Zeitpunkt finden bereits seit zehn Tagen Lastwagenvergasungen der noch am Leben befindlichen zigeunerischen Individuen auf dem Weg hinaus nach Kulmhof statt.

Statt der wahren Todesursachen, die bei den benachbarten Juden in diesen Tagen als differenzierte Krankheitsbilder noch penibel aufgelistet sind, wird für die vergasten Zigeuner, um den Massenmord notdürftig zu verschleiern, weiter durchwegs Fleckfieber angegeben. Albine Rosenfels – in der Hektik verschrieben als Alwine Rosenfeld – soll laut behördlicher Auflistung die sechsundvierzigste Fleckfiebertote am Dreikönigstag sein. Das ist ihr einer Tod, der erwartbare, dem Stand der Forschung gemäße.

Der andere relativiert in Details, was die Wissenschaft durch viele Jahre zum Zigeunerghetto Litzmannstadt publiziert hat. Auch ich bin, da niemand von dort zurückkehrte, in diesem Buch bisher davon ausgegangen, dass alle gut fünftausend deportierten Roma und Sinti im und um das Ghetto ihr Leben verloren. Mir ist aber eine originale Sterbeurkunde von Albine Rosenfels in die Hände gefallen, die eine völlig andere Gegend und ein völlig anderes Datum beinhaltet.

Im Februar 1941 öffnete die sogenannte Gauarbeitsanstalt Schmückert ihre Lagertore. Sechzig Kilometer südlich von Posen gelegen und damit weit weg vom Ghetto, heißt sie wie die bald ebenfalls umbenannte polnische Kleinstadt Bojanowo bis zum Ende der NS-Herrschaft Schmückert. Über diese Institution weiß man, lese ich, nach wie vor ziemlich wenig. Bis zu vierhundert polnische Nonnen, vor allem Karmeliterinnen, sollen dort zwangsweise interniert sein und sich mit Handarbeiten beschäftigen müssen.

Gibt es auch in Litzmannstadt/Łódź eine doppelte Buchhaltung? Werden manche derer, die man für tot erklärt, in Wirklichkeit andernorts weiterverwendet? Und wenn, warum diese Tarnung? Der Nazibürokratie spielt in die Hände, dass es in den allermeisten Fällen kaum Menschen gibt, die als Hinterbliebene dereinst den Opfern des Zigeunerghettos nachzuspüren vermögen. Sie sind ja selbst tot.

Nur ganz vereinzelt werden zufällig Überlebende wie Maria Kohlberger den österreichischen Behörden zur Überprüfung ihrer eigenen Opferfürsorgeansprüche Originaldokumente der ermordeten Angehörigen zur Verfügung stellen können. Im Fall von Albine Rosenfels ist eines davon ihre Sterbeurkunde. Demnach soll Marias ältere Schwester am achten April 1942 um vierzehn Uhr zehn in der Gauanstalt Schmückert ihren zweiten Tod gefunden haben. Gut denkbar, dass Frau Kohlberger das gar nicht aufgefallen ist. Womöglich setzte sie, längst überfordert von all dem entsetzlichen Elend ihrer Lieben und der eigenen Schinderei als entrechtete Zwangsarbeiterin im Stahlwerk, die ebenfalls im besetzten Polen angesiedelte Gauarbeitsanstalt Schmückert mit dem Ghetto in eins.

Noch von einer zweiten in Litzmannstadt internierten zigeunerischen Person ist ein Totenschein aus Schmückert überliefert, habe ich inzwischen herausgefunden. Welche Art von Zwangsarbeit Albine Rosenfels, gebrochene Mutter von acht kürzlich ermordeten Kindern, dort verrichten musste, sofern ich ihrer Sterbeurkunde trauen will, bedürfte weiterer aufwendiger Forschungen. Ich muss sie mir ersparen.

Szenenwechsel. Es geht noch einmal zurück nach Weyer. Besser gesagt: zu den finanziellen Turbulenzen rund um das längst aufgelöste Zigeuneranhaltelager. Die nach langem Hin und Her im August 1942 endlich doch gnädig gewährte Reichsbeihilfe von achtundzwanzigtausend Reichsmark zu den der Fürsorge aufgebrummten Kosten für den Aufenthalt vorher in Arbeit und Brot befindlicher Zigeuner im Lager ermuntert jetzt auch weitere Bezirksfürsorgeverbände, konkrete Ansprüche zu stellen.

Jener von Steyr-Stadt tritt Anfang 1943 an die Reichsstatthalterei Oberdonau heran und macht geltend, Herr Julius Kohlberger habe sich und die Seinen als unselbständig Beschäftigter in der Metallverarbeitung bis zum fünften Februar 1941, dem Tag vor seinem Verschwinden im Lager, problemlos selbst erhalten können. Der Betrag von exakt zweihundertfünfzig Reichsmark, den man zähneknirschend für ihn und seine Leute zu bezahlen genötigt wurde, möge daher ehebaldigst refundiert werden. So ist auch Julius Kohlberger wie viele andere längst umgebrachte Weyer-Insassen fortgesetzt Gegenstand heftiger Auseinandersetzungen eines vom Schicksal der Betroffenen unbeeindruckten Behördenapparats.

Derweil setzt für Maria Kohlberger der Kampf um das Leben der Mutter ein. Die wird eines Tages abgeholt und nach Auschwitz deportiert. Verzweifelte Bemühungen der Tochter, sie zu retten, werden vom Adjutanten Gauleiter Eigrubers im Juni 1944 mit dem brieflichen Bemerken abgeschmettert, ihre Mutter habe sich des gesetzwidrigen Verlassens ihres bisherigen Aufenthaltsortes und weiterer – allerdings ungenannter, also wahrscheinlich erfundener – Vergehen schuldig gemacht. Die Gauleitung verzichtet darauf, den wichtigsten Grund für die Unmöglichkeit, Cäcilie Kohlberger zu entlassen, anzuführen: Die Frau ist schon seit drei Monaten tot.

Maria Kohlberger ist noch keine vierzig, als sie sich 1948 an die Opferfürsorge wendet. Sie hätte es sich besser ersparen sollen, die Leidensgeschichte ihrer ermordeten Familie detailliert auszubreiten. Im März 1949 bescheidet man ihr lapidar, dass »die Anspruchsberechtigung bei hinterbliebenen Kindern und elternlosen Geschwistern mit Ende des Jahres, in dem sie das 24. Lebensjahr vollendet haben, erlischt.« Es stünde Frau Kohlberger allerdings frei nachzuweisen, dass ihr »die Schaustellerlizenz durch die Maßnahme einer Behörde aus rassischen oder politischen Gründen entzogen wurde« und »dadurch eine Einkommensschädigung von mindestens 50 % durch 3 ½ Jahre entstand«. Solche finanziellen Verluste seien selbstverständlich ebenfalls zu belegen.

Den angedeuteten Alternativweg zu einer Anerkennung als NS-Opfer hat man der Antragstellerin jedoch schon ein Jahr zuvor verbaut. Die Kriminalabteilung der Bundespolizeidirektion Linz hatte ihre Erhebungen zu Maria Kohlberger in einem ausführlichen Dokument zusammengefasst und zunächst wenig überraschend festgestellt, sie »scheint in der ha. politischen Evidenz als Mitglied einer der ns Organisationen nicht vermerkt auf«. Man bestätigte zwar, dass sie tatsächlich Zwangsarbeiterin gewesen war, kam aber dann zu folgendem, den Angaben Kohlbergers diametral widersprechenden, für ihre Ansprüche desaströsen Urteil: »Der Entzug ihrer Schaustellerlizenz dürfte darauf zurückzuführen sein, dass während des Krieges allgemein solche Lizenzen entzogen wurden und man solche Personen zu kriegswichtigen Arbeiten verpflichtete.« Zufall oder nicht, einer der für diesen skandalösen Bericht ermittelnden Beamten der Kripo Linz trägt denselben Namen wie jener Beamte der

Kripo Linz, der sieben Jahre zuvor, kräftig unterstützt von SA-Sturmführer Gottfried Hamberger, das Zigeuneranhaltelager Weyer leitete.

Maria Kohlberger muss schließlich entnervt resigniert haben. Die eingereichten Unterlagen verblieben indessen bei der Behörde, und so liegen in einem überheizten Archivlesesaal viele erschütternde Originaldokumente vor mir, unter anderem die Briefe ihrer Geschwister aus den Lagern, Albines Sterbeurkunde oder Marias Arbeitsbuch, in dem festgehalten wird, dass Frau Kohlbergers Beschäftigung in den Linzer Hermann-Göring-Werken, die am zwölften Jänner 1942 begonnen hatte, am fünften Mai 1945 ein Ende fand.

Den Nachnamen Rosenfels, den die verheiratete ursprüngliche Albine Kohlberger und ihre acht Kinder trugen, hat übrigens auch eine lange in der Gemeinde Bachmanning am Hausruck ansässige und dort heimatberechtigte Sintifamilie mit einem Schüppel Kindern getragen, die das gleiche tödliche Schicksal erlitt. Auch etliche Mitglieder dieser für die Machthaber faulen, nichtsnutzigen Zigeunersippe arbeiteten in Wirklichkeit bis unmittelbar vor der Internierung fleißig in verschiedenen Berufen, etwa in der Ziegelfabrik am Ort, was der Reichsstatthalterei für ihre Zwangsfestsetzung im Lager Weyer eine geschmalzene Forderung des Gaufürsorgeverbandes Wels von knapp zweitausend Reichsmark bescherte.

Jener Herrenmensch, der während der Naziherrschaft für die Schulchronik Bachmannings verantwortlich zeichnete, sah im Frühjahr 1941, nachdem auch Vater Rosenfels als letztes Familienmitglied den bitteren Weg nach Weyer und später nach Litzmannstadt angetreten hatte, allen Grund zu frohlocken: »Am 19. Jänner kam der Zigeuner Rosenfels Matthias in ein Arbeitslager bei Braunau. Damit gibt es in Bachmanning keine Zigeuner mehr, was auch vom pädagogischen Standpunkte aus nur zu begrüßen ist.«

Steffl, Ludwig

Der Bauer Ludwig Steffl ist nicht auffindbar. Er soll in Kirchschlag wohnen, jener Gemeinde im Mühlviertel hoch über den Nebelbänken von Linz, in der schon Adalbert Stifter sich gerne vom Trubel der Stadt erholte. Das muss aber ein Irrtum sein, der Familienname kommt dort gar nicht vor.

Ein wichtiger Zeuge weniger auf der Liste, das ist schade. Als man die Volksgerichtsprozesse gegen August Steininger, Alois Rothenbuchner und Kameraden vorbereitet, liegen die Ereignisse von Weyer bereits sieben Jahre zurück. Die Staatsanwaltschaft muss sich eingestehen, dass der Krieg und die Schreckensherrschaft der Nazis gewaltigen Tribut unter denen gefordert haben, die zur Aufklärung der Verbrechen Entscheidendes beitragen könnten.

Manche ehemalige Insassen des Arbeitserziehungslagers, etwa Alois Auleitner, fielen als Soldaten bei den Kampfhandlungen, andere wiederum wurden nach Niederschlagung der ersten Verfahren durch die Reichskanzlei schnell wieder verhaftet. Etliche davon kamen schließlich in Konzentrationslagern zu Tode oder verschwanden spurlos. Dass man mit Ludwig Kriechbauer sogar einen der in Weyer selbst Umgebrachten als Zeugen vorlädt, ist wahrlich kein Ruhmesblatt für die Vertreter der Anklage.

Beziffern Historiker die ungefähre Anzahl der vom Dritten Reich jeweils zu verantwortenden Toten in den unzähligen Lagern, müssen sie notgedrungen jenen beträchtlichen Personenkreis aussparen, der erst einige Zeit nach seiner Befreiung oder Entlassung an den Folgen von Folter und Entbehrungen starb. Die Zeugenladung an Karl Gumpelmaier zum Beispiel wird von seinem Sohn beantwortet, der angibt, sein Vater sei im Februar 1947 jenem Herzleiden erlegen, das er sich im Lager Weyer zugezogen hatte. Die Abschrift seiner einstigen Aussage wolle die Mutter aber nicht herausgeben, da sie ein zentrales Element im laufenden Opferfürsorgeverfahren sei.

Während die ehemalige Wachmannschaft wider besseres Wissen nach wie vor ungerührt darauf beharrt, im Lager Weyer seien nahezu ausschließlich vielfach vorbestrafte asoziale und kriminelle Elemente eingesessen, beweisen Fälle wie jene des Alois Auleitner, des Josef Mayer, des Edmund Haller, des Karl Gumpelmaier oder des Ludwig Steffl das genaue Gegenteil.

Gumpelmaier etwa wurde zum Verhängnis, dass er sich als Geschäftsführer eines großen Sägewerks weigerte, vor dem Betrieb eine Fahne der Deutschen Arbeitsfront zu hissen. Auch wollte er es nicht durchgehen lassen, dass der Ortswalter der DAF Brennholz, das er für sich privat bestellt hatte, einfach nicht bezahlte. Das Mahnschreiben an den NS-Funktionär wurde schließlich zum unmittelbaren Anlass für die Überstellung Gumpelmaiers nach Weyer.

Und dass der Landwirt Ludwig Steffl alles andere als ein verkommenes Subjekt gewesen ist, legt unter anderem eine Reihe von Lichtbildern aus seinem Familienalbum nahe, die sich auch im Museumsbestand des bekannten Krumauer Photoateliers Seidel in der malerischen Moldaustadt, heute überlaufener Teil des Weltkulturerbes, erhalten haben.

Tatsächlich hat Steffl absolut nichts mit Kirchschlag bei Linz zu tun. 1947/48 dürfte man bereits wieder vergessen haben, dass der Heimatgau des Führers sich weit über die Landesgrenzen des wiedererstandenen Oberösterreich erstreckt hatte. Neben dem steirischen Ausseerland und einem Zipfel des westlichen Niederösterreich waren Oberdonau vor allem große Teile Südböhmens angegliedert worden. Dort gibt es ebenfalls ein Kirchschlag, das in der Tschechoslowakei jetzt den Namen Světlík trägt. Kürzlich erst ist die alteingesessene deutschsprachige Bevölkerung von dort endgültig vertrieben worden. Den momentanen Aufenthaltsort des vermutlich ausgesiedelten Ludwig Steffl zu ermitteln, gliche der Suche nach der Stecknadel im Heuhaufen.

Eine solche bliebe aber ohnehin in jedem Fall ergebnislos, denn Herr Steffl starb bereits am neunundzwanzigsten April 1942 mit gerade einmal neununddreißig. Als bevorzugtes Prügelopfer im Arbeitserziehungslager Weyer war der kräftige Landwirt, nunmehr ein körperliches Wrack, völlig gebrochen nach Böhmen zurückgekehrt und bis zu seinem frühen Tod meist bettlägrig gewesen.

Ludwig dürfte ein geliebtes Kind sein. Das Baby kann fast schon selbständig sitzen. Im Seidelschen Atelier thront es am ersten Juni 1903, ein langes, blütenweißes Kleidchen am Leib, auf einem Bugholztisch, gestützt von der glücklich lächelnden Mutter im dunklen Festtagskleid, die auf einem schweren Stuhl daneben Platz genommen hat. Hinter den beiden steht, ebenfalls im Sonntagsstaat mit Stehkragen und Schlips, der schnurrbärtige Vater, die Rechte stolz in die Hüfte gestemmt. Aufgeweckt und neugierig blickt das Kleinkind, bewusst arrangiertes, hell strahlendes Zentrum der ausgeklügelten Komposition, direkt in die Kamera. Auf der gemalten Kulisse dahinter deuten ein gerraffter, schwerer Brokatvorhang, die mächtige Bodenvase, eine antikisierende Säule, der üppige Blumenschmuck und eine von rechts ins Bild ragende Palme gediegenes bürgerliches Milieu an. Vielleicht bilde ich es mir nur ein, aber diese junge Familie wirkt weit weniger in eine fremde Welt verpflanzt, als das oft der Fall ist, wenn Bauersleute sich um die vorletzte Jahrhundertwende photographisch porträtieren lassen.

Auch der Erwachsene Ludwig Steffl bemüht sich, und das gleich mehrmals, hinunter zum bewährten Lichtbildner im von Kirchschlag gut zehn Kilometer entfernten Krumau. Mittlerweile ist aus dem Altösterreicher ein tschechoslowakischer Staatsbürger geworden. Für die fast durchwegs deutschsprachige Bevölkerung von Kirchschlag hat der Zerfall des Vielvölkerstaates nicht arg viel an Änderungen mit sich gebracht. Hier erholt sich die Wirtschaft jedenfalls bedeutend schneller als drüben in Restösterreich.

Bei jedem Atelierbesuch legt er, jetzt ebenfalls Schnauzbartträger, einen anderen eleganten Anzug samt Weste an, einmal sogar mit Fliege statt mit Krawatte. Die Beine übereinandergeschlagen, den Oberkörper im bequemen Sessel leicht nach hinten geneigt, die Arme lässig auf die Lehnen gestützt, signalisiert Ludwig Steffl selbstverständliche Präsenz. In ihm würde ich viel eher einen Rechtsanwalt oder einen Bankkaufmann vermuten als einen Bauern. Auffällig sein stets nachdenklicher Blick, sogar wenn er nach seiner Musterung am zwanzigsten Mai 1924, wie auf einem frühen Bild dokumentiert, samt drei anderen jungen, sichtlich gut aufgelegten Burschen mit blumenbekränzter Huttracht und eingehakt, aber noch bartlos, bei Seidel vorbeischaut. Das ist die einzige mir bekannte Aufnahme von Ludwig Steffl, die improvisiert wirkt, zumindest ein halber Schnappschuss.

Unendlich viel später wird mir seine Enkelin Gertrude erzählen, was sie über den Großvater erfahren hat. Viel ist es nicht. Persönlich hat sie keine Erinnerung an ihn, ihre Mutter war erst siebzehn, als er starb, und sie selbst noch lange nicht auf der Welt.

Ludwig Steffl heiratet jung, das Paar hat bald Kinder. Als ältester Sohn seiner Eltern übernimmt er den Hof, ein stattliches Anwesen mit reichlich Gesinde. Er weiß sich durchzusetzen, nimmt sich kein Blatt vor den Mund, wirtschaftet gut, ein richtiger Großbauer. Zu jenen Sudetendeutschen, die den Nazis beim Einmarsch zujubeln, gehört er nicht, er nimmt die neuen Verhältnisse zunächst einfach hin. Wie schon bisher geht er aber auch jetzt Konflikten mit den dörflichen Autoritäten nie aus dem Weg, wenn er deren Maßnahmen als ungerecht oder gegen seine Interessen gerichtet empfindet.

Nur zu gut verständlich, dass ihn diese Haltung nach dem Umbruch im Sudetenland über kurz oder lang nach Weyer bringen wird. Ludwig Steffl gilt wie viele, die sich weigern zu kuschen, schnell als asozialer Querulant. Selbst im Lager lässt er sich anfangs, trotz der frühen Bekanntschaft mit August Steiningers Fäusten, nicht die Schneid abkaufen.

Da es den Häftlingen die meiste Zeit bei schwerer Strafe untersagt ist, miteinander zu reden, werden sie später in ihren Zeugenaussagen oft passen müssen, wenn sie zu den geschilderten Vorkommnissen konkrete Familiennamen ihrer Leidensgenossen nennen sollen. Höchstens die Vornamen werden ihnen präsent sein.

Nicht so bei Ludwig Steffl. Der wird im Rückblick vielen immer noch ein Begriff sein, weil er Eindruck macht auf sie. August Rössler zum Beispiel, ein besonders wacher Zeitgenosse, wird ihn sogar geographisch genau zuzuordnen wissen, wenn er am fünften März 1941 auf eine der sadistischen Aktionen des Kommandanten zu sprechen kommt: »Mir ist noch erinnerlich, daß der Lagerführer Steininger in der Nacht einmal 20 oder 22 Leute schwer mißhandelt hat. Es handelte sich damals auch um einen Bauern aus dem Mühlviertel, der einen Brief an seine Angehörigen geschrieben und darin die schlechten Verhältnisse im Lager geschildert hat. Es war ein gewisser Steffl aus Kirchschlag Nr. 26, Post Krumau. Dessen Anschrift habe ich mir nämlich notiert. Steffl kann die Sache genauer beschreiben.«

Und August Denk schildert den Vorfall bei seiner Befragung besonders drastisch: »Einmal hat der Lagerführer Steininger den Bauer Steffl aus Kirchschlag mit der Faust geschlagen und mit den Füßen getreten, weil er seinen Angehörigen in einem Briefe berichtet hat, daß das Essen im Lager schlecht sei. Er rief dem Steffl im Tagesraum vor, schlug ihn gleich, stieß ihn durch die Tür ins Vorhaus und schlug ihn dort blutig. Er versetzte ihm bei 20 Faustschläge und hat ihn außerdem mit den Füßen getreten. Das Gesicht des Steffl war nach der Mißhandlung geradezu grün und blau. Er konnte drei bis 4 Tage nicht arbeiten.«

Diese Schilderungen passen ausgezeichnet zu dem Bild von ihm, das mir Steffls Enkelin vermitteln wird. Beim oft blutigen Einweisungsritual durch August Steininger droht der Lagerkommandant allen Neuankömmlingen mit weiteren schweren körperlichen Übergriffen und dem sofortigen Transport in ein echtes KZ, sollten sie sich unterstehen, Lagervorkommnisse nach außen zu tragen. Ludwig Steffl muss gewusst haben, dass jeder Brief der Zensur unterliegt. Und doch nimmt er es sich heraus, Klage zu führen. Das bekommt ihm nicht gut. Ab diesem Moment setzt Steininger alles daran, den Widerspenstigen zu brechen. Die kleinste Kleinigkeit genügt, um ihn vor allen anderen exemplarisch zu bestrafen, zu demütigen. Und selbstverständlich nominiert der Lagerchef den Steffl auch für die Weihnachtszüchtigung. Obwohl bereits in äußerst schlechtem Gesundheitszustand, findet er sich nicht unter den bei der Räumung des Lagers Heimgeschickten. In Mauthausen firmiert er bis zur unerwarteten Entlassung im Februar 1941 als Nummer tausenddreihundertneunundfünfzig.

1942 bemüht sich jemand aus dem Atelier Seidel hinauf nach Kirchschlag, um im Hause Steffl einen aufgebahrten Leichnam ins Bild zu setzen. Es ist aber nicht jener des Bauern. Das Foto stammt vom elften Juni, ist also eineinhalb Monate nach Ludwig Stefflls Tod entstanden und zeigt seine kurz nach ihm verstorbene Schwester. Die allerletzte im Museum Seidel erhaltene Aufnahme eines Mitglieds der Familie datiert aus dem Jahr 1944 und zeigt Ludwigs Tochter Frieda mit neunzehn. In Kirchschlag und Umgebung leben noch etliche weitere Verwandte des späten Lagertoten, der nicht in, aber an ihm zugrunde ging. Sie müssen bald nach Kriegsende die Koffer packen und die Tschechoslowakei verlassen. Ludwig Stefflls engste Familie jedoch bleibt von der Vertreibung ausgenommen und darf auf dem Hof bleiben, denn ihr wird der Faschismusopferstatus zuerkannt. Derlei geht, was die Einordnung des Arbeitserziehungslagers Weyer anlangt, in der Tschechoslowakei offenbar schneller als in Österreich.

Als ich in Český Krumlov 2002 zurückgezogen an meinem Roman über den Vormärzdichter Ferdinand Sauter arbeite, beschließe ich eines Tages im Rückblick auf mein letztes Buchprojekt, hinauf nach Světlík zu wandern. Ich mache mir wenig Hoffnung, dort Spuren des Ludwig Steffl zu finden. Durch um die Mittagszeit menschenleere Straßen zieht es mich zunächst auf den Friedhof, wo ich zu meiner großen Überraschung gleich in der Nähe des Eingangs schon nach kurzer Zeit auf sein immer noch gepflegtes Grab mit dem schmiedeeisernen Kreuz stoße. Das hätte ich, sofern überhaupt noch erhalten, weit weg von hier in Deutschland oder

Österreich vermutet. Von seinem frühen Tod hatte ich bis zu diesem Moment keine Ahnung. Ich möchte mehr wissen.

Das Gemeindeamt hat noch bis vierzehn Uhr geschlossen, die Gaststätte daneben ist geöffnet. Bis auf zwei Frauen mittleren Alters, die gemeinsam an einem Tisch sitzen, bereits gegessen haben und sich beim Kaffee tschechisch unterhalten, sind keine Gäste zu sehen. In der Not frage ich die Damen, ob sie vielleicht Deutsch oder Englisch sprächen. Worum es denn gehe, antwortet eine von ihnen freundlich, und ich glaube sofort, aus diesen wenigen Worten die mir von Kindheit an vertraute Mühlviertler Färbung ihres perfekten Deutsch herauszuhören.

Ach, es geht um eine alte Geschichte, um einen gewissen Ludwig Steffl. Schnell stellt sich heraus, dass ich mit seiner Enkelin spreche. Innerhalb von zehn Minuten bin ich also auf sein Grab und auf Gertrude gestoßen. Was für ein Zufall.

Sie ist weniger überrascht als verwirrt. Das ist ihr weiß Gott nicht zu verdenken. Ich erzähle in den nächsten eineinhalb Stunden, was ich über ihren Großvater weiß, sie hält es genauso. Mehr und mehr verfällt sie dabei in den alten Dialekt der Gegend, als sie merkt, auch ich kann mich in ihm ausdrücken. Ludwig Steffls Qualen in so etwas wie einem Konzentrationslager, von denen sie sehr wohl einen Begriff hatte, und seinem frühen Tod sei es letzten Endes zu verdanken, dass sie heute hier sitze und nicht, wie ihre alte, verwitwete Tante samt den Kindern, etwa im bayerischen Buchloe. Drüben mag es einem wirtschaftlich besser gegangen sein, aber tauschen hätte sie nie wollen. Ihr Bruder wohne jetzt auf dem alten Hof, und auch sie selbst lebe gerne in der einsam gelegenen Zweihundertfünfzig-Seelen-Gemeinde mit dem herrlichen Rundblick über das Granitland, die aber langsam auszusterben drohe. Nächstes

Jahr werde man sogar die Schule schließen müssen, es gibt zu wenig Nachwuchs.

Den geplanten Besuch auf dem Gemeindeamt kann ich mir also getrost sparen. Gertrude begleitet mich zum Abschluss hinüber zum Großelterngrab, das ich – die Sonne hat sich inzwischen durch die Wolken gekämpft – für meine etliche tausend Dokumente und Bilder umfassende Materialiensammlung zu Weyer ablichten möchte. *Herzfleischentartung* ist zwar schon im Jahr davor erschienen, aber anders als gewöhnlich habe ich mich von diesem besonderen Romanstoff bisher nicht völlig abgenabelt. Schließlich lebe ich dort, wo sich das alles zutrug.

Ludwig Steffls Enkeltochter bückt sich, entfernt erste bunte Herbstblätter säuberlich vom Blumenschmuck. Ich will ihr sagen, das sei doch nicht nötig, lasse es dann aber bleiben und schaue ihr bloß stumm zu. Innerlich schüttle ich den Kopf über diesen Anblick, den ich mir noch vor ein paar Stunden nicht im entferntesten erwarten durfte, nicht das Grab und schon gar nicht Ludwig Steffls Enkelin. Dann drücke ich ein paarmal auf den Auslöser.

Steininger, August

Am dreißigsten Mai 1948, einem kühlen, leicht regnerischen Sonntag, setzen zwei Herren in den besten Jahren einen schon seit Wochen gehegten Vorsatz in die Tat um. Sie halten es für höchst angebracht, sich gemeinsam abzusetzen, in einer ersten Etappe zunächst einmal nach Italien. Die über sie verhängte Untersuchungshaft stellt keinen ernsthaften Hinderungsgrund für ihre Flucht dar, ganz im Gegenteil. Schließlich ist man ja nicht irgendwer, und Männer ihres Schlages sind es gewohnt, auch die allerschwierigsten Herausforderungen bravourös zu meistern, das wäre ja gelacht. Außerdem: Auf die treuen Seilschaften von hier bis hinunter nach Rom, Syrien und Südamerika kann man sich getrost verlassen.

Die Herren, Oberösterreicher von Geburt, sitzen in Linz ein und sind einem Häftlingsbautrupp zugeteilt, der zum Schutträumen eingeteilt ist. Zum Glück wird er nur nachlässig bewacht, am Sonntag vielleicht sogar noch etwas nachlässiger als sonst. Einem von ihnen, dem größeren Kaliber, ist durch seine Frau kürzlich zu Ohren gekommen, dass ein Personalchauffeur der NS-Euthanasie-Tötungsanstalt Hartheim vom Volksgericht soeben zu unglaublichen vier Jahren Haft verurteilt wurde. Das lässt bei ihm die Alarmglocken schrillen, denn da dürfte sich, anders als lange erhofft, eigentlich erwartet, tatsächlich etwas zusammenbrauen. Dem zweiten schwant aus einem verwandten Grund ebenfalls Ungemach, und daher suchen die beiden dieses gar nicht so schönen Tages besser das Weite.

Da wäre einmal Franz Stangl. Der jetzt Vierzigjährige aus Ebensee im oberösterreichischen Salzkammergut absolvierte dereinst eine Weberlehre und brachte es immerhin bis zum Webmeister. In der Wirtschaftskrise setzte er auf eine weitere Ausbildung, um in Linz einen sicheren Posten bei der Polizei antreten zu können, wo man nicht nur auf sein ausgeprägtes Organisationstalent aufmerksam wurde. Für seinen schneidigen Einsatz im Bürgerkrieg 1934 gegen die Sozialdemokratie erhielt der junge Mann das Silberne Verdienstzeichen der Republik Österreich. Damit war auch eine Beförderung verbunden, Stangl wurde zur Kripo versetzt. Streng katholisch erzogen, doch schon früh völkisch orientiert, schloss er sich bereits 1936 der NSDAP sowie der SS an. Nach dem Umbruch tat er bei der Gestapo Dienst. In Hartheim bekleidete er den wichtigen Posten eines stellvertretenden Verwaltungs- und Büroleiters der Anstalt.

Massenmord in großem Stil erfordert eine komplexe Logistik. Derlei muss umsichtig, unaufgeregt und effizient gestaltet werden, einerseits, weil die jeweils vielen auf einen Sitz Umzubringenden sonst vielleicht auf die Idee kommen, Schwierigkeiten zu machen, andererseits, weil der unfreiwillige Andrang dermaßen groß ist, dass man de facto auf industrielle Arbeitsabläufe zurückzugreifen gezwungen ist. Jedes Zahnrad muss da perfekt ins andere greifen. Stangls verantwortungsvolle Tätigkeit erforderte also höchste Professionalität. Die bewies er eindrucksvoll, was ihn schnell für höhere, noch weit belastendere Aufgaben empfahl.

Gaskammern waren für solche Unterfangen eine besonders willkommene Innovation, in Hartheim wurden sie mit bestem Erfolg an etwa dreißig- bis fünfunddreißigtausend Behinderten und ausrangierten KZ-lern ausprobiert. In Sobibor und Treblinka, wo SS-Hauptsturmführer Franz Stangl später als nimmermüder Lagerkommandant wirkte, setzte man diese Technik dann in ganz anderen

Dimensionen ein. Neben weit mehr als einer Million jüdischer Opfer fallen ein paar tausend getötete Roma und Sinti in diesen reinen Vernichtungslagern kaum ins Gewicht der Statistik.

Im stürmischen Herbst der NS-Herrschaft betätigte sich Franz Stangl dann in Oberitalien ebenso umsichtig. Dort machte er sich bei der Partisanenbekämpfung nützlich, auch die Abwicklung von Judendeportationen in die Konzentrationslager nördlich der Alpen fiel in seinen Aufgabenbereich. Schon 1945 wurde er, aufgestöbert am Attersee, von den Amerikanern im Salzburger Lager Glasenbach interniert und schließlich an die österreichische Justiz übergeben. Die möchte ihm vorläufig einmal wegen Hartheim den Prozess machen, aber das geht jetzt leider nicht mehr.

In Brasilien, seinem künftigen Lebensmittelpunkt, wird Stangl zunächst wieder in seinem ursprünglichen Beruf als Weber tätig sein und später unter richtigem Namen bei Volkswagen in São Paulo als Automechaniker anheuern. Mit seiner 1949 nachgekommenen Familie wird er ungestört in einem neuen, geräumigen Haus wohnen, bis er, aufwendigen Recherchen Simon Wiesenthals geschuldet, 1967 endlich wieder in Haft genommen, an die Bundesrepublik Deutschland ausgeliefert und drei Jahre später im Treblinka-Prozess zu lebenslanger Haft verurteilt werden wird. Allein an diesem Ort habe Franz Stangl während seiner Kommandantenzeit den gewaltsamen Tod von mindestens vierhunderttausend Menschen verantwortlich organisiert, wird es im Urteil heißen. Schon sechs Monate später, im Sommer 1971, wird er im Alter von nur einundsechzig Jahren einem Herzversagen erliegen.

Sein Fluchtgefährte ist der ehemalige SA-Obertruppführer August Steininger. Ob die beiden einander schon im

Krieg oder sogar noch vorher kennengelernt haben, kann ich nicht sagen. Spätestens während der Internierung im Salzburger Camp Marcus W. Orr haben sich ihre Wege gekreuzt. Im Gegensatz zum fünf Jahre älteren Stangl, der nach übereinstimmenden Zeugenaussagen nie selbst Hand anlegte, nie selbst misshandelte oder gar tötete, hat Steininger seine perverse Lust an exzessiver Gewalt als Lagerkommandant jedenfalls weidlich ausgelebt. Andererseits: Was die Opferzahl in seinem Verantwortungsbereich anlangt, kann der kleine SA-Fisch Steininger mit der großen SS-Nummer Stangl nicht ernsthaft konkurrieren. Erstes Ziel des Duos ist Graz, dorthin sind der Weber und der Fleischhauer vorläufig zu Fuß unterwegs. Sie versuchen, nicht aufzufallen.

August Steininger, ein lediges Kind aus Prambachkirchen im oberösterreichischen Hausruckviertel, ist der Sohn einer Näherin und eines Schusters. Geboren 1913, wächst er bei der Großmutter auf. Nach eigenen Angaben schließt er eine Fleischhauerlehre ab, ist aber oft arbeitslos, wechselt häufig den Wohnsitz. Das dürfte, wenn man seinen ebenso häufig wechselnden Dienstgebern Glauben schenkt, zum Gutteil mit Steiningers problematischem Charakter zu tun haben. Sie werden ihn, dazu befragt, als äußerst renitent veranlagt beschreiben. Er gilt als jähzornig, aufbrausend und laut. 1935 kassiert er eine Vorstrafe wegen Raufhandels und sitzt dafür ein paar Tage im Arrest.

Im selben Jahr noch verdingt der Gustl sich als Knecht beim Bauern Max Winkler. In seiner Freizeit sportelt er fleißig im Deutschen Turnverein. Überhaupt liebt er die Geselligkeit. Auch für die Damenwelt hat der fesche junge Mann nicht nur ein Auge. Dabei unterläuft ihm ein Kind, aber an dessen Mutter binden mag der frischgebackene Vater sich nicht. Max Winkler wird sich genau daran erinnern, dass der Gustl lieber nächst seinem landwirtschaftlichen Anwesen mit anderen in der Gegend sattsam bekannten illegalen Nazis fleißig das Exerzieren geübt hat. Der NSDAP und der SA will Steininger aber erst nach dem Einmarsch Hitlers beigetreten sein, wird er sich in seinem späten Prozess verantworten, auf dem Papier steht allerdings anderes. Eine formelle Rückdatierung, wie es häufig vorkam, lautet Steiningers erwartbarer Erklärungsversuch.

Daran, dass er, bereits in SA-Uniform, am dreizehnten März 1938 gemeinsam mit einem Kameraden zu nachtschlafender Zeit um zwei in der Früh den fast zwanzig Jahre dort tätigen Prambachkirchener Gendarmerierevierinspektor Josef Schweitzer höchst unsanft festgenommen und in den Gemeindearrest gesperrt habe, wird Steininger sich ebenfalls nur dunkel erinnern können. Jedenfalls ganz sicher nicht in SA-Uniform, wird er behaupten, bis ihm auf den Vorhalt diverser Zeugenaussagen doch noch einfällt, dass Sturmführer Eisenköck ihm unmittelbar vor diesem Einsatz völlig überraschend eine passende SA-Truppführermontur zur Verfügung gestellt habe, obwohl er, Steininger, zu diesem Zeitpunkt noch gar nicht dabei gewesen sei, geschweige denn einen Rang erworben habe.

Das ab jetzt für die kommenden sechzehn Jahre einigermaßen abenteuerliche Leben des August Steininger ließe sich in etlichen sehr unterschiedlichen Varianten nacherzählen, je nachdem, welcher der vielen Verantwortungen des im Dritten Reich wie in der zweiten Republik Österreich zum Teil derselben Straftatbestände Beschuldigten man Glauben schenken will. Ich halte mich da vorsichtshalber an die vielen Zeugenaussagen und die reichlich vorhandenen Dokumente, streue aber bei guter Gelegenheit das eine oder andere Märchen Steiningers und seiner Umgebung ein, um zu demonstrieren, mit welcher Kaltschnäuzigkeit seinesgleichen das Blaue vom Himmel zu lügen imstande ist.

Er kommt zunächst beim Reichsarbeitsdienst unter, hält sich während dieser Zeit auch sechs Monate im Altreich auf, um dort einen Kurs zu besuchen. Das bleibt unbestritten. Aber schon die für ihn, wie er betont, völlig überraschende telefonische Einladung des Gaubeauftragten für Arbeitserziehung Franz Kubinger, in Weyer gleich als Lagerchef einsteigen zu können, wird Steininger nach dem Krieg lange geschickt mystifizieren. Eigentlich sei ja der Gaubeauftragte selbst Kommandant dieser Erziehungseinrichtung gewesen, allerdings war Obersturmbannführer Kubinger kaum einmal persönlich anwesend, weil unabkömmlich in Linz. Und eigentlich, wird der Angeklagte ernsthaft behaupten, habe die Wachmannschaft, gebildet aus Mitgliedern der Braunauer SA-Standarte einhundertneunundfünfzig, das Lager sozusagen kollektiv geführt, nur der Form halber sei überall er als Stellvertreter Kubingers aufgeschienen. Immerhin, so seine weitere Argumentation, hätten manche Kameraden, mit denen er als Erzieher krimineller und asozialer Elemente sein schweres Brot verdiente, bei der SA höhere Dienstgrade gehabt als er.

Sehr zur Freude August Steiningers dürfte dem österreichischen Volksgericht auch 1952 das umfangreiche Aktenmaterial der von Doktor Neuwirth zehn Jahre zuvor eingeleiteten Verfahren gegen die Aufseher von Weyer-Sankt Pantaleon immer noch nur fragmentarisch vorliegen, oder man will es, aus welchen Gründen immer, nicht ausgiebig zu Rate ziehen. 1941 wird der Beschuldigte bei seinen Einvernahmen jedenfalls viele der späteren Leugnungsversuche noch tunlichst unterlassen, weil es sinnlos gewesen wäre, eine hanebüchene Unsinnigkeit nach der anderen aufzutischen.

Der Sadismus, die atemberaubende Brutalität Steiningers, sie könnten, für sich abgeheftet, ganze Ordner füllen. Franz Kubinger hat ihm signalisiert, heftige körperliche Züchtigung der Zöglinge sei nicht nur nicht verboten, sondern ausdrücklich erwünscht. Gesagt, getan, und zwar sofort. Schon beim ersten Betriebsappell für die Zivilbeschäftigten der Ibm-Waidmoos-Entwässerung lässt der frischgebackene Kommandant verlauten, sie dürften mit den Häftlingen anstellen, was sie wollten. Jeder Verkehr abseits der Misshandlungen sei jedoch untersagt. Wer ihnen beispielsweise eine Zigarette aushändige, müsse sich ebenso auf bittere Konsequenzen einstellen wie jemand, der die Verschwiegenheit über alles, was sich an der Baustelle abspielen werde, breche. Für den Fall, dass wer zu zart besaitet sei, um den Anblick von Prügelstrafen, Auspeitschungen und anderen nötigen Erziehungsmaßnahmen zu ertragen, empfehle er ihm, einfach wegzuschauen.

Wenn er Neuankömmlingen in der Lagerkanzlei kurz die Einweisungsgründe vorliest und sie sich erfrechen, ihre Sicht der Dinge vorzubringen oder beim Antworten ins Stocken zu geraten, deckt Steininger sie, wie schon mehrfach drastisch geschildert, mit Faustschlägen oder Ohrfeigen ein, je nachdem, wie heftig der Einwand vorgebracht wird und er gerade aufgelegt ist. Bis zu zwanzig kräftige Hiebe können ihm da schon einmal auskommen, Platzwunden, Nasenbeinbrüche, viel Blut sind die unausweichliche Folge.

Schon bald nach der Eröffnung des Lagers im Hochsommer 1940 begnügt sich sein Beherrscher nicht mehr mit solchen Kleinigkeiten. Oberstaatsanwalt Doktor Josef Neuwirth wird August Steininger im Fall Johann Gabauer Körperverletzung mit tödlichem Ausgang zur Last legen wollen, nach Interventionen in der endgültigen Anklageschrift jedoch bloß eine gefährliche Drohung anführen dürfen.

Gabauer, ein gebürtiger Wiener, zuletzt in Julbach im Oberen Mühlviertel ansässig, ist schon dreiundfünfzig und chronisch alkoholkrank. Deshalb war der ledige Hilfsarbeiter auch in einer Trinkerheilstätte untergebracht. Von dort ist er direkt ins Lager überstellt worden, was einem Todesurteil gleichkommt. Bei Johann Gabauer handelt es sich um einen der wenigen Häftlinge, die zumindest der Logik der Nazis nach tatsächlich als asozial einzustufen sind. Dass er nicht kräftig zupacken kann wie die anderen, wird dem Trunksüchtigen auf Zwangsentzug als boshafte Provokation, als Widersetzlichkeit ausgelegt, die August Steininger veranlasst, ihm zur Strafe zusätzlich Kostentzug zu verordnen, was den ohnehin schmächtigen Mann, der zudem heftig zittert, weiter schwächt. Das Wachpersonal an der Flussregulierungsbaustelle misshandelt Gabauer bei jeder sich bietenden Gelegenheit.

Gern sieht der umsichtige Chef dort selbst nach dem Rechten. Johann Gabauer ist das Idealbild eines Opfers, an dem man seine Aggressionen wunderbar ausleben kann. Seine demütige Weinerlichkeit fordert einen geradezu heraus. Die letzten Stunden im Leben Gabauers dürften so verlaufen: Mit dem Dienstdolch droht August Steininger der Jammergestalt, sie auf der Stelle abzustechen. SA-Truppführer Josef Mayrhofer bringt als Alternative Ertränken ins Spiel. Gabauer darf es sich schließlich aussuchen und möchte lieber in der Moosach sterben. Das soll er nach dem Willen seiner Peiniger gefälligst selbst erledigen, sie wollen sich aufs Zuschauen beschränken. Natürlich scheitert er im relativ seichten Wasser kläglich, was Steininger und Mayrhofer zu einer gemeinsam veranstalteten Gummiknüppelprügelorgie veranlasst. Den Zustand Johann Gabauers nach dieser Bestrafung wird der Ankläger dereinst als bewegungsunfähig charakterisieren. Man lässt ihn den ganzen kühlen und windigen Tag durchnässt an der Baustelle liegen. Dass sich zu den schweren Verletzungen so eine veritable Lungenentzündung gesellt, klingt plausibel. Mit dieser unverfänglichen Diagnose auf dem Totenschein soll von den exzessiven Malträtierungen abgelenkt werden. Der zur Beurkundung beigezogene Arzt Josef Huber will angesichts des Verletzungsbildes nicht mitschuldig werden, aber da zieht die SA andere Saiten auf und beschert dem Mediziner lebenslange Gewissensbisse.

Für Steininger werden solch dramatische Schilderungen seiner Übergriffe allesamt erstunken und erlogen sein, als er endlich vor Gericht steht. Nie sei er auch nur in Ansätzen gewalttätig geworden, Ohrfeigen vielleicht ausgenommen, allenfalls habe er die eine oder andere Anregung zu massiveren Züchtigungen gegeben, aber nur, weil sein Vorgesetzter das eben so wollte. Franz Kubinger wird wie der in der Causa Gabauer einst geständige Truppführer Mayrhofer beim Prozess nicht mehr am Leben sein, das ist erfreulich.

Was Steininger gar nicht mag, ist Petzen. Leute wie Ludwig Steffl oder Thomas Gradl, einen Vater von sechs Kindern, die ihren Familien Briefe schicken wollen und sich darin beklagen, nimmt er sich dann eigenhändig vor. Höchstpersönlich studiert er die gesamte Post der Insassen, nicht alles kann seinen hohen Ansprüchen genügen. Dieser Gradl etwa schreibt seiner Frau, er habe dauernd Hunger und bitte um ein Essenspaket. Es folgt eine Belehrung, dass er Blut spuckt. Übrigens besorgt den Verzehr zugesandter Nahrungsmittel die Wachmannschaft häufig selbst. Sie lädt den jeweiligen Adressaten dabei gern zum Zuschauen ein und prostet ihm zu. Von der vorgesehenen Brotration erhalten die Häftlinge etwa ein Drittel, der Rest wird, in frischer Milch aufgeweicht, vor ihren Augen an die scharfen Wolfshunde verfüttert.

Die machen August Steininger viel Freude, er lässt sie sowohl in Weyer als auch draußen an der Baustelle zum Einsatz bringen. Eine Bäuerin, deren Hof sich direkt gegenüber dem Lager befindet, wird das später so beschreiben: »So, jetzt haben wir es wieder gehört, jetzt haben sie wieder ein paar, drei, um das ganze Lager gejagt, die Hunde hinten nach, und mit den Gummiknüppeln hergedroschen.« Die Hosen samt dem Schenkelfleisch hätten die Schäferhunde den diesem Strafritual Ausgesetzten heruntergerissen, »und da hat es keinen Doktor oder kein Verbinden gegeben«.

Im zweiten Halbjahr 1940, als er hauptberuflich der Sau in ihm nahezu täglich freien Lauf lässt, findet August Steininger offenbar trotzdem genügend Zeit und Muße, zum Ausgleich seine Beziehung zu einem blutjungen Mädchen entscheidend zu vertiefen. Die beiden entschließen sich sogar, möglichst bald den Bund der Ehe eingehen zu wollen. Schon am sechsten Februar möchten sie vor den Traualtar treten. Christine ist aber erst siebzehn. Über Weihnachten ist der zehn Jahre ältere Bräutigam deshalb bei ihren Eltern in Steyr eingeladen, es gibt viel zu besprechen. Steininger nimmt sich aus diesem Grund extra länger frei, nicht ohne seine lustige Idee, den Häftlingen in seiner Abwesenheit eine weihnachtliche Bescherung zukommen zu lassen, die sie so schnell nicht vergessen sollen, in Befehlsform zu gießen. Er selbst muss auf den Spaß leider verzichten.

Dass er damit den Bogen überspannt, dass ein gewaltiger Stein ins Rollen kommt und ihm nicht nur die eigene Hochzeit ziemlich verhagelt sowie den schönen Arbeitsplatz raubt, sondern auch das ersehnte Zusammenleben mit seinem auserwählten Weib für viele Jahre verunmöglichen wird, kann August Steininger in diesem Moment genauso wenig ahnen wie die weitreichenden Konsequenzen für den Rest der SA-Wachtruppe, ja für das praktische Arbeitserziehungslager Weyer des Reichsgaus Oberdonau insgesamt. Als Oberstaatsanwalt Neuwirth die Untersuchungen aufnimmt, muss Steininger seinen Urlaub vorzeitig abbrechen. Polizeiliche Erhebungen auf dem Lagergelände werde er unter keinen Umständen zulassen, plustert sich der Kommandant auf Abruf im Vertrauen auf die unumschränkte Macht der Partei fernmündlich noch auf. Doch dann überschlagen sich die Ereignisse.

Gauleiter August Eigruber, Gauinspekteur Stefan Schachermayr und die NSDAP lassen ihn aber nicht fallen, sondern setzen alles daran, Steininger aus der Schusslinie zu nehmen und ihn dem Zugriff der Justiz zu entziehen. Gleich nach seiner Eheschließung kommandiert man ihn deshalb zur Wehrmacht ab und schickt ihn einstweilen an die Front. Neuwirths Insistenz, gestützt auf das Reichsinnenministerium, hat schließlich aber doch den gewünschten Erfolg. Angeblich erlaubt es die militärische Lage im Spätsommer 1941, den Beschuldigten zurückzubeordern. Er wird sofort verhaftet. Als Untersuchungshäftling sieht Steininger jetzt einen Teil der Aufseher aus Weyer wieder, die schon länger im Gefängnis schmoren.

Wie seine Aktien stehen, vermag er lange nicht abzuschätzen. Wird Eigruber Hitler auf seine Seite ziehen können, oder setzt sich Himmler durch? Dank der Niederschlagung des Verfahrens durch die Berliner Reichskanzlei kommt August Steininger im April 1942 wieder frei. Er muss vorläufig nicht mehr an die Front zurückkehren, sondern darf sich bei der Winterkampfschule des Wehrkreiskommandos V am

Heuberg auf der Schwäbischen Alb nützlich machen. Franz Scheiber, ein guter Kamerad aus dieser Zeit, wird ihm 1947 schriftlich einen erstaunlichen Sinneswandel bescheinigen, den glauben mag, wer will. Bei seinen Untergebenen soll Steininger außerordentlich beliebt gewesen sein. Er sei stets ein guter, echter Österreicher gewesen, der sich offen gegen den preußischen Drill gestellt habe, was ihm wiederholt Unannehmlichkeiten durch höhere Offiziere eingetragen habe. Mit dem KZ am gleichen Ort könne Steininger nicht in Verbindung gebracht werden.

Von der Schwäbischen Alb zieht es ihn im Urlaub immer wieder in die Heimat. 1944 kehrt er beim Dorfwirt Brunnthaller in Sankt Marienkirchen ein, um seinen Durst zu stillen. Da fällt ihm in der Gaststube ein bekanntes Gesicht auf. An der Inhaftnahme des Nazigegners und Lagerhausverwalters Friedrich Pointer hat sich Steininger beim Umbruch am dreizehnten März 1938 aktiv beteiligt. Jetzt, beim Wirten, stänkert er ihn als Volksfeind an, redet sich immer mehr in Rage und schleudert schließlich einen Stuhl gegen Pointer. Der kann gerade noch ausweichen und bleibt unverletzt.

Im Juli 1944 wird es für August Steininger dann doch noch richtig ungemütlich. Es geht wieder an die Front, diesmal ins lettische Kurland. Dort habe Steininger, so der ihn weiter begleitende Freund Scheiber Jahre später, durch mutige Reden gegen den Hitlerfaschismus und den Terror der braunen Banden wiederholt Kopf und Kragen riskiert, ehe er im Oktober schwer verwundet wird. Die nächsten Monate verbringt er im Heimatlazarett, einen weiteren Kriegseinsatz lassen seine Versehrungen, darunter eine Kopfverletzung, die ihm noch gute Dienste tun wird, nicht mehr zu.

Nach dem Zusammenbruch bleibt August Steininger eine Kriegsgefangenschaft erspart. Wie so viele NS-Verbrecher, die sich in der amerikanischen Zone niederlassen, glaubt er, billig davonzukommen. Er nimmt eine Stelle als Kraftfahrer an und unterzieht sich am dreiundzwanzigsten Februar 1946 der amtlichen Registrierung von Nationalsozialisten. Was er allerdings in das Meldeblatt eintragen lässt, ist ein schlechter Witz. Neben der unbestreitbaren Tatsache, geboren worden zu sein, gibt er lediglich zu, in der Zeit von April bis Juni 1938 Mitglied der SA gewesen zu sein. Funktion in der SA? Keine. Mitgliedschaft in der NSDAP? ------. Zum Schluss entrichtet er eine verhältnismäßig hohe Gebühr von zwanzig Schilling und geht davon aus, sich damit von seiner Vergangenheit freigekauft zu haben.

Doch noch wiegt der sich früh abzeichnende Kalte Krieg die Bemühungen, Leute wie ihn zur Verantwortung zu ziehen, nicht auf. Steininger wird schließlich in Laussa bei Steyr, wo er jetzt mit seiner Frau lebt, festgenommen und nach Salzburg ins Camp Marcus W. Orr verfrachtet. Viel spricht dafür, dass er dort unter seinesgleichen den Grundstein für die abenteuerliche Flucht nach Südamerika legt. Dem immer schon bestens vernetzten Ex-Gauinspekteur Stefan Schachermayr – später als führender Exponent des rechtsextremen Gmundner Kreises an der Gründung des VdU beteiligt, aus dem die FPÖ hervorgehen wird – sagt man nach, in Glasenbach Mitbegründer einer Untergrundorganisation namens »Spinne« zu sein, die Strategien austüftelt, wie die verfolgten Kameraden dem heißen Pflaster Europa am besten den Rücken zukehren können. Womöglich ist das dem amerikanischen Geheimdienst durchaus recht.

Schachermayr, ein klassischer Schreibtischtäter, hatte sowohl bei der Rekrutierung Franz Stangls für die Euthanasieanstalt Hartheim als auch bei jener August Steiningers für das Arbeitserziehungslager Weyer seine Finger im Spiel und kennt beide Herren persönlich. Ihr dringendes Bedürfnis, das Weite zu suchen, kann er deshalb vollkommen nachvollziehen, weiß er doch so genau wie kaum jemand sonst, dass es nur noch eine Frage der Zeit ist, bis die Strafverfolgungsbehörden den beiden konkrete Verbrechen zuordnen können. Und so kommt es auch. Stangl, Steininger, aber auch Schachermayr werden schließlich wegen bevorstehender Anklagen von den Alliierten an die österreichische Justiz überstellt. Jetzt ist endgültig Feuer am Dach.

August Steininger setzt aus diesem Grund im Spätsommer 1947 zunächst alles daran, legal aus der Linzer Untersuchungshaft entlassen zu werden. Dazu schildert er akribisch seine Kriegsverwundungen und plädiert auf Haftunfähigkeit. Schon bei der ersten Vernehmung hat er vorsorglich gleich zu Beginn auf seine schwere Kopfverletzung verwiesen, an Einzelheiten aus der Zeit davor könne er sich daher leider nicht mehr erinnern. Ein medizinisches Gutachten wird eingeholt, vorübergehend kommt Steininger sogar frei, aber noch im Oktober muss er zurück in seine Zelle wandern. So schlimm, wie er tut, ist nach Einschätzung der Ärzte weder die Gedächtnistrübung noch seine körperliche Verfassung.

Nun liegt es an Steiningers Frau Christl, sich für ihn umfassend in die Bresche zu werfen. Eine Zweischilling-Stempelmarke schmückt ihre ausführliche Eingabe mit dem traurigen Befund, dass die Untersuchungshaft eine unbillige Härte für die gesamte Familie darstelle. Denn immerhin habe ihr Gatte, den sie bereits sieben lange Jahre entbehren müsse, nicht nur für sie, sondern auch für ihre alte Mutter und sein außereheliches Kind zu sorgen. Das wenige Ersparte sei aufgebraucht, die Werkswohnung, in der sie momentan lebe, gekündigt. Nur wenn der verhinderte Ernährer schnell ein Arbeitsverhältnis eingehen könne, ließe sich der Hinauswurf vielleicht noch abwenden. Seine ständigen Kopfschmerzen, ja sein gesamter Gesundheitszustand würden ihr Sorgen bereiten, und zwar ebenfalls ständig. Deshalb möge man ihn doch bitte bis zum Prozessbeginn gegen Gelöbnis entlassen.

Dem eindringlichen Schriftsatz sind mehrere Beilagen angefügt. Christine Steininger hat sich nämlich erfolgreich von Pontius zu Pilatus bemüht, um Stimmen ehemaliger Kriegskameraden des Gustl, aber auch von Repräsentanten der bereits wieder einflussreichen österreichischen Parteien zusammenzutragen. Alle befürworten sie einhellig Steiningers sofortige Enthaftung.

Für dieses hehre Ziel lassen ÖVP und SPÖ sich gerne einspannen, auch wenn ihnen der erst kürzlich Zugezogene und durch Verhaftung gleich wieder abhanden Gekommene so gut wie unbekannt ist. Nahezu gleichlautend fallen ihre Urgenzen aus, nur irrt sich der ÖVP-Ortsparteiobmann von Laussa, was den Vornamen des harmlosen Mitbürgers anlangt, der nicht länger im Kerker schmachten soll. Friedrich Steininger möge dringendst freigelassen werden, fordert er. Ein neues Blatt Papier in die Maschine einzuspannen ist dem guten Mann aber offenbar zu aufwendig, als Christl Steininger ihn auf den Fehler hinweist. Der Friedrich wird mit xxxxxxx durchgestrichen und der August in der Halbzeile darüber notdürftig eingeflickt. Das muss genügen.

Als alles nichts nützt, kommt Plan B zum Tragen, von dem am Anfang dieses Lebensberichtes schon die Rede war. Steiningers verwirrter Kopf, die anderen schweren Versehrungen an Brust, Fuß und Wirbelsäule sind mit einem Mal vergessen. Wer auf Schusters Rappen von Linz nach Graz aufbricht, muss leidlich fit sein. Dass Franz Stangl und er ohne Unterstützer, umfangreiche Vorbereitungen und vor allem ohne Wissen um das segensreiche vatikanische Hilfsangebot türmen, schließe ich aus. Stefan Schachermayr, nach dem milden Urteil des Volksgerichts bereits am neunten Februar auf freien Fuß gesetzt, dürfte in dieser Angelegenheit keine geringe Rolle spielen.

Mittlerweile haben die beiden Fluchtgefährten tatsächlich die steirische Landeshauptstadt erreicht. Dort treffen sie mit dem Wiener Gustav Wagner zusammen, einem alten Spezi Stangls aus der gemeinsamen Zeit in Hartheim. Später, im Vernichtungslager Sobibor, stand ihm Wagner gar als stellvertretender Kommandant zur Seite. Franz Stangl wird dereinst den Zufall für diese Begegnung in Graz namhaft machen, sehr wahrscheinlich ist das nicht.

Ex-SS-Oberscharführer Gustav Wagner entspricht vom Typ her eher dem impulsiven Steininger. Sein täglich ausgelebter Sadismus trug ihm Zuschreibungen wie »lächelnder Todesengel« oder »Schlächter« ein. Etliche Augenzeugen berichten, Wagner habe im KZ vor dem Mittagessen regelmäßig persönlich einen Mord begangen. Zu dritt begeben sich die Herren nun über die Route Meran und Florenz nach Rom unter den Schutzmantel der katholischen Kirche in der Person von Bischof Alois Hudal.

Seine Exzellenz steht dem österreichischen Unterkomitee einer Einrichtung vor, die den schönen Titel Pontificia Commissione Assistenza – Sezione Stranieri trägt. Diese päpstliche Hilfsstelle bietet bis Mitte 1951 vielen Tausenden Fluchtwilligen, darunter jede Menge Nazi- und Ustascha-Schwerverbrecher, ein umfangreiches Servicepaket. Man sorgt in der Ewigen Stadt für bequeme private Unterkünfte, Verpflegung und unbezahlbare Empfehlungsschreiben, die Tür und Tor öffnen. Bereitwillig bestätigt man die teils phantasievollen Daten, mit denen Leute wie Stangl, Steininger und Wagner ihre Spuren verwischen wollen. Bischof Hudal wird später ohne Zögern einräumen, dass er um die Inkorrektheit mancher Angaben selbstverständlich gewusst habe.

Versehen mit ehrfurchtgebietenden Papieren, deren Briefkopf die päpstliche Tiara ziert, beantragen die Reisewilligen beim Internationalen Roten Kreuz sodann Pässe, die ihnen ohne weitere Überprüfung prompt und anstandslos ausgestellt werden. Diese druckfrischen Reisedokumente und der beigeschlossene Sanktus des Vatikans machen die Visaerteilung durch die jeweiligen Zielländer zu einem Kinderspiel.

Das prominente Trio Stangl, Steininger und Wagner nimmt während der Wochen, die für die bürokratischen Prozeduren zu veranschlagen sind, in der römischen Residenz Alois Hudals an der schönen Adresse Via della Pace zwanzig gleich um die Ecke der Piazza Navona Quartier. So gut ist es den armen Verfolgten schon lange nicht mehr gegangen. Sie dürften sich offensichtlich sehr sicher fühlen, denn im Sommer 1948 ist es anscheinend noch immer oder schon wieder möglich, bei einer Gelegenheit wie dieser ungeniert die richtigen Namen und Geburtsdaten zu verwenden, ohne dass man fürchten muss aufzufliegen.

Einzig und allein die wahre Herkunft und der erlernte Beruf werden verschleiert, und das nur mäßig professionell. August Steininger zum Beispiel unterschreibt ungerührt und unverstellt ein von freundlichem Rot-Kreuz-Personal gut leserlich mit der Hand ausgefülltes Dokument, auf welchem er als Monteur und staatenloser Sudetendeutscher aus dem merkwürdigen Ort Rosenhüger firmiert. Kastanienbraunes Haar, himmelblaue Augen, unauffällige Nase, keine besonderen Kennzeichen, so wird sein Äußeres zutreffend beschrieben. Jetzt noch ein schöner Fingerabdruck und ein aktuelles Passbild, das die Schreibkraft mit zwei Klammern an die dafür vorgesehene Leerfläche heftet. Fertig. Heute ist der achtundzwanzigste August 1948. Bisher hat alles wie am Schnürchen geklappt. Das wertvolle Dokument bleibt ein Jahr gültig. Da wird Steininger längst über alle Berge sein, oder besser: über alle Meere.

Im eleganten hellen Sommeranzug samt gestreifter Krawatte und weißem Hemd schaut August Steininger auf dem Foto mit fokussiertem, kühlem Blick links am Betrachter vorbei. Er wirkt unnahbar, aber vielleicht liegt das an mir und meinem Wissen um seine berechnende Persönlichkeit. Das volle Haar trägt er über der hohen Stirn streng zurückgekämmt. Nicht nur die tiefen Faltenfurchen oberhalb der Mundwinkel lassen ihn wesentlich älter erscheinen, als er ist. Es lässt sich erahnen, dass er schon einiges erlebt haben muss. Trotzdem: alles in allem eine durchaus attraktive Erscheinung, dieser Herr.

Die drei ehemaligen Lagerkommandanten weichen einander in diesen Monaten anscheinend nicht von der Seite. Auch beim Roten Kreuz werden sie gemeinsam vorstellig, das verraten die fortlaufenden Nummern ihrer Anträge: vierundachtzigtausendzweihundertsiebenundzwanzig, -zweihundertachtundzwanzig, -zweihundertneunundzwanzig. Sie wollen am liebsten nach Argentinien, wohin sie über den Umweg Naher Osten schließlich auch gelangen werden. Dort verliert sich August Steiningers Spur für einige Jahre. Im Gegensatz zu Stangl und Wagner, der nach Angaben seines Anwalts im Herbst 1980 in São Paulo durch Selbstmord enden und somit nie vor ein deutsches oder österreichisches Gericht gestellt werden wird, legt Steininger seinen Aufenthalt in Südamerika vermutlich von vornherein nicht auf Dauer an. Mag sein, dass er als kleinere Nummer darauf setzt, bald wieder gefahrlos heimkehren zu können. Ihm geht es wohl in erster Linie ums angenehme Überwintern, bis in Österreich die

Aussöhnung mit dem sogenannten Dritten Lager weiter gediehen sein wird.

Die einschlägige Website *Neue Ordnung* singt im Gegensatz zu den meisten Kirchenvertretern übrigens noch heute wahre Loblieder auf Bischof Alois Hudal, den edlen Mann der Caritas und Helfer der Verfolgten. Unausgesetzt habe der fromme Gottesmann für den Sieg Deutschlands und Italiens gebetet, auf dass der Bolschewismus in die Schranken gewiesen werde. Dass ausgerechnet linke Scharfmacher innerhalb der NSDAP am Ende die Oberhand gewinnen würden und die politischen wie die sozialen Anliegen des Nationalsozialismus diskreditierten, könne man Hudal nicht ernsthaft anlasten. Die alliierte Unrechtsjustiz hätte Leuten wie Stangl oder Steininger keine fairen Verfahren zugebilligt, Schauprozesse und vom Autor detailliert geschilderte Foltergeständnisse seien bei denen, die nicht fliehen konnten, an der Tagesordnung gestanden. Bischof Alois Hudals selbstloses Agieren müsse man deshalb als angewandte Nächstenliebe einordnen.

Anfang 1952 bemüht sich aus einer Linzer Anwaltskanzlei ein Bote zum Volksgericht, um persönlich ein wichtiges Schriftstück auszuhändigen. Herr August Steininger gibt darin zunächst bekannt, kürzlich nach Österreich zurückgekehrt zu sein. Wo er sich seit seiner Flucht aufgehalten hat, verschweigt er diskret. Nie wird er im Verhandlungsverlauf danach gefragt werden. Es fällt einem schwer zu glauben, dass diese auffällige, für die unfreiwillige Verschiebung des Prozessbeginns gleich um mehrere Jahre verantwortliche Lücke in seiner dem Gericht ansonsten durchgängig bekannten Vita niemanden von den Verfahrensbeteiligten auch nur im geringsten interessiert. Kann es sein, dass allgemeiner gesellschaftlicher Konsens darin besteht, schlafende Hunde nicht wecken zu wollen? Es wird jedenfalls noch lange dauern, bis wenigstens einer dafür sensiblen Öffentlichkeit halbwegs bewusst werden wird, wie sehr ausgerechnet die katholische Kirche mit vielen der schlimmsten Schergen des nationalsozialistischen Terrors unter einer Decke steckte.

Momentan halte er sich bei seiner Gattin in Steyr auf, lässt der womöglich nur mit mäßigem Elan Gesuchte in dem Schreiben weiters wissen. August Steininger kommt dann schnell zur Sache: Er stehe der Justiz jetzt zur Verfügung und schlage dem Gericht im Hinblick auf die Zeiteinteilung seines Verteidigers vor, elf Tage später, nämlich am vierzehnten des Monats, die Hauptverhandlung gegen ihn anzusetzen. Der Brief wird bei der Einlaufstelle des Landesgerichtes Linz am vierten Jänner abgegeben. Bis zum zehnten dauert es allein schon, ehe auch die Staatsanwaltschaft ihren Eingangsstempel auf das erstaunliche Dokument setzt.

Steiningers selbstbewusstes Ansinnen ist terminlich also überaus ehrgeizig, ja völlig illusorisch ausgefallen. Auch die gleich mitgelieferten Beweisanträge sind nicht von schlechten Eltern. Er stellt sämtliche Vorwürfe der Anklage entschieden in Abrede und macht dafür so unverfängliche Zeugen wie Ex-Gauinspekteur Stefan Schachermayr oder seine Frau Christine, von Beruf jetzt Büroangestellte, namhaft.

Die Netzwerke der Gleichgesinnten dürften den Weitgereisten davon überzeugt haben, dass die Volksgerichte längst zu zahnlosen Tigern mutiert sind und eine Rückkehr kaum mehr Risken birgt. Deshalb will er es jetzt schnell hinter sich bringen. Bald wird er vierzig sein, August Steininger hat keine Zeit mehr zu verlieren. Das halbe Leben liegt, wenn er Glück hat, noch vor ihm, es geht steil aufwärts im Land, da möchte auch er sein Stück vom Kuchen.

Trotzdem muss er sich erst einmal in Geduld üben, das allerdings behaglich am heimatlichen Herd. Zwei Monate dauert es, bis die Hauptverhandlung stattfinden kann. Erwartungsgemäß bekennt sich August Steininger in allen Anklagepunkten nicht schuldig. Gleich zu Beginn gibt sich der Staatsanwalt verwundert, dass der Mann nicht aus der Untersuchungshaft vorgeführt wurde. Die sei in einem Fall wie diesem nämlich zwingend vorgeschrieben.

Schon nach einer Dreiviertelstunde kommt es zur Vertagung. Bis dahin leugnet Steininger tapfer alles gegen ihn Vorgebrachte, auch das Offensichtliche. Sein Name ist Hase, er weiß von rein gar nichts. Der Staatsanwalt spricht daraufhin frühere Verfahren gegen Untergebene des Angeklagten an, die mit Schuldsprüchen geendet hätten. Man möge die Verurteilten vorladen, damit er die Verantwortung des Steininger erschüttern könne. Alois Rothenbuchner zum Beispiel sei 1949 im gleichen Deliktzusammenhang immerhin zu fünfzehn Jahren schwerem Kerker verurteilt worden. Diesem Antrag wird wie dem auf sofortige Verhängung der Untersuchungshaft über Steininger stattgegeben. Der wird seine Verteidigungsstrategie ein wenig modifizieren müssen. Er hat sich das alles wohl doch zu einfach vorgestellt.

Beim nächsten Anlauf am zweiten April bekennt er sich, wohl auf Anraten seines Anwalts, plötzlich teilweise schuldig, und zwar in dem für das Strafmaß eher unwesentlichen Punkt der angeblich nachträglich erfolgten Falschregistrierung als illegales Mitglied von SA und NSDAP. Da hat er geflunkert, meint er jetzt. Vielleicht stimmt dieses Entgegenkommen den Richter und die Schöffen milder. Fragen dazu rücken in den folgenden Stunden aber völlig an den Rand. Im Mittelpunkt der Zeugenaussagen wird vielmehr ein rabiater Sadist namens August Steininger stehen.

Doch zuvor beugt der Angeklagte, ohne mit der Wimper zu zucken, nach allen Regeln der Kunst weiter die Wahrheit. Zum Faktum Ludwig Steffl etwa, dessen Namen er 1948 kurz vor seiner Flucht noch nie im Leben gehört haben wollte, verneint der Angeklagte jetzt lediglich, diesen im Lager durch exzessive Gewaltanwendung arbeitsunfähig gemacht zu haben. Gleiches gilt für alle anderen Vorhalte. War nicht dabei. Kann mich nicht erinnern. Ganz sicher nicht. Gummiknüppel? Gab es gar keine, es sollten welche kommen, kamen aber nie. Mit der Geißel? Auf keinen Fall. Bei Nacht wiederholt besoffen in den Schlafstuben der Gefangenen ziellos herumgeschossen? Niemals. »Dass ich einen Schreckschuss abgegeben habe, ist möglich, das gebe ich zu, es hatte seine Gründe.« Welche das denn waren, könnte der Staatsanwalt nachhaken. Er tut es leider nicht.

Den unangenehmen Dingen, die Steininger bald zu hören bekommen wird, beugt er geschickt auch mit gezielten Ablenkungsmanövern vor. Besonders beeindruckend die Mitleidsmasche: Fünfmal verwundet, Versehrtenstufe drei. Dass er von 1941 bis 1945 als Pionier an der Front ununterbrochen seinen Soldatenpflichten nachgekommen sei, wie er jetzt angibt, mag in den Ohren entsprechend disponierter Prozessteilnehmer gut klingen, nur stimmt es von vorn bis hinten nicht. Da waren doch ein paar Kleinigkeiten wie die Monate im Heimatlazarett, vorher die schöne Zeit in der Winterkampfschule auf der Schwäbischen Alb, noch früher eine längere Untersuchungshaft in der hier und heute verhandelten Sache. Jenes gute halbe Jahr im Gefängnis fällt jetzt völlig unter den Tisch, später aber wird es sehr wohl auf das Strafmaß angerechnet werden. Der Staatsanwalt geht selbst auf die offensichtlichsten Ungereimtheiten mit keinem Wort ein, das verstehe, wer will.

Nun folgt eine Verschnaufpause, denn die alten Kameraden Alois Rothenbuchner und Josef Wimmer marschieren auf und machen Steininger brav die Mauer. Ihnen kann das nicht mehr schaden, sie sind bereits verurteilt. Zugeschlagen? Hat er definitiv nie, jedenfalls nie in ihrer Anwesenheit. Befehle ausgeteilt? Na ja, eigentlich nicht, jeder Aufseher handelte quasi stets in Eigenverantwortung, beten sie die Version des Angeklagten nach. In ihren eigenen Prozessen dagegen redeten sie sich permanent auf Befehlsnotstand aus. Die Anordnungen seien von Lagerkommandant Steininger gekommen. Der Staatsanwalt verzichtet darauf, diese Diskrepanz zu thematisieren. Es läuft perfekt. Nur in der Gummiknüppelsache lassen die beiden den Gustl im Stich. Ja, solche hatten wir. Selbstverständlich auch Steininger.

Gleich das erste in den Zeugenstand gebetene Lageropfer Anton Denk hat freilich ganz andere Erinnerungen. Er musste, berichtet er, zu Steininger in die Kanzlei zur Aufnahme. Sieben bis acht brutale Schläge ins Gesicht erntete er da, bis er das Bewusstsein verlor. Man hat ihn ohnmächtig weggetragen. Mit Nasenbluten wachte er auf, vierzehn Tage trug er ein blaues Auge.

Steininger räumt nun plötzlich doch Tätlichkeiten ein, die über gewöhnliche Ohrfeigen hinausgingen. Aber nur in Notwehr und nur bei Denk: »Der war nämlich frech und machte eine Geste, als ob er auf mich losgehen wollte.«

Die Zeugenauftritte gestalten sich unterschiedlich ergiebig. Manche ehemalige Lagerinsassen ziehen ihre früheren belastenden Äußerungen zurück, andere schildern die Rohheit des Angeklagten sehr lebendig und deutlich emotionalisiert. Wieder anderen versagt heute einfach die Erinnerung. Kann schon sein, zucken sie unwirsch mit den Achseln, als ihnen ihre früheren Aussagen vorgelesen werden.

Endlich Verdrängtes soll nicht mehr ins Bewusstsein aufsteigen müssen, verständlich ist das. Unfreiwillig verweste Tote wie, um nur einige zu nennen, die Herren Anton Atzelsberger, Franz Ennsthaler, Johann Gabauer, Karl Gumpelmaier, Doktor Edmund Haller, Ludwig Kriechbauer, Josef Mayer, August Rössler oder Ludwig Steffl, an deren vorzeitigem Ableben Steininger direkt oder zumindest indirekt erheblichen Anteil hatte, müssen notgedrungen schweigen. August Steininger seinerseits bleibt bei seiner Strategie und zeigt sich standhaft zugeknöpft.

Die letzte inhaltliche Eintragung im Protokoll des zweiten Teils der Hauptverhandlung ist zugleich die letzte Einlassung Steiningers zu einem konkreten Vorhalt, seine Gewaltausbrüche betreffend, und fällt erwartungsgemäß aus: »Ich habe ihm keinen Strick zum Erhängen gegeben. Ich habe auch bei der Nacht niemand geschlagen.«

Das Gericht zieht sich zur Beratung zurück und spricht den Angeklagten schließlich schuldig. Er hat unzweifelhaft das Verbrechen der Quälereien und Misshandlungen in zahlreichen Fällen begangen. In keinem aber seien schwere gesundheitliche Schädigungen für die Betroffenen die Folge gewesen. Somit könne sich das Gericht die Auffassung der Anklagebehörde nicht zu eigen machen, wonach eine gröbliche Verletzung der Menschenwürde und der Menschlichkeit vorliege. Diese objektiv falsche Beweiswürdigung ist bereits die halbe Miete. Ich sehe Steininger grinsen.

Dazu kommt, als Tüpfelchen auf dem i, der aus anderen ähnlichen Prozessen bereits bestens bekannte Beschluss des Gerichtes, vom außerordentlichen Milderungsrecht Gebrauch machen zu wollen. Dafür sprächen in diesem Fall das teilweise Geständnis, die Unbescholtenheit, der nicht nachteilige Leumund, die Sorgepflicht und die Kriegsversehrtheit. Macht alles in allem exakt zweieinhalb Jahre. Die sind durch die verschiedenen Vorhaftzeiten als abgesessen zu bewerten. Auf Wiedersehen, Herr Steininger, kommen Sie gut nach Hause.

Es ist exakt nach Plan gelaufen. August Steininger, sein gewiefter Anwalt Doktor Hein und seine Berater haben alles richtig gemacht, das muss man ihnen lassen. Frechheit siegt eben doch. Gustl kann jetzt tief durchatmen und im Gegensatz zu etlichen anderen in diesem Buch porträtierten Menschen mit seiner treuen Christl endlich neu anfangen.

Nachschrift

Wie vereinbart sitze ich nicht lange vor seinem Tod 2008 an einem recht trüben Samstagvormittag dem rüstigen Pensionisten Stefan Schachermayr in seiner Welser Hochhauswohnung gegenüber. Wir haben im Wohnzimmer Platz genommen. Es ist tiefer Winter. Der verwitwete Gauinspekteur von Oberdonau außer Dienst, inzwischen Mitte neunzig und geistig erstaunlich fit, zeigt sich bester Laune, erinnert sich noch gut an Weyer und das asoziale Menschenmaterial, das dort erzogen werden sollte. Ungebrochen ist er von der Sinnhaftigkeit dieser von ihm mitinitiierten Besserungseinrichtung überzeugt, verwendet, als ich von Mord und Totschlag spreche, lieber Formulierungen wie »einzelne Übergriffe« oder »übertriebene Strafen«.

Ich lege ihm als Belege ausgewählte Originaldokumente vor, etwa Schilderungen grausamster Folterungen sowie seine eigenen schriftlichen Drohgebärden gegen die unerschrockene Staatsanwaltschaft. Anfangs nimmt der alte Mann die Schriftstücke interessiert und konzentriert unter die Lupe. Nur selten kommt ihm dabei ein »Mhm« aus. Mir bleibt viel Zeit, ihn zu beobachten. Irgendwann merke ich, wie er doch nervös zu werden beginnt, und denke mir: Kein Wunder. Mehrmals schaut Schachermayr jetzt kurz hintereinander auf die Uhr, womöglich hat er genug und möchte mich bald hinauskomplimentieren.

Dann aber steht er plötzlich auf, sucht sich auf der Anrichte die Fernbedienung und schaltet den Fernseher ein. Erst beim Zurückschlapfen meint er, wir müssten jetzt für eine Dreiviertelstunde unterbrechen, weil er sich den Abfahrtslauf der Herren anschauen wolle.

Anmerkungen

Schauplatzwunden ist ein materialreiches Buch. In der Hauptsache beruht es auf meinen eigenen Recherchen. Daneben habe ich von einer ganzen Reihe engagierter Menschen wertvolle Auskünfte erhalten, wofür ich mich herzlich bedanken möchte. Stellvertretend darf ich Petra Maria Dallinger (Adalbert-Stifter-Institut des Landes Oberösterreich), Gottfried Gansinger, Josef Goldberger (Oberösterreichisches Landesarchiv), Rupert Huber, Jan Mares, Rosa Gitta Martl, Franz Saxinger senior und junior, Franz Scharf (Oberösterreichisches Landesarchiv), Karl Schmitzberger, Florian Schwanninger (Lern- und Gedenkort Hartheim) und Anders Otte Stensager nennen.

Ferner konnte ich mich auf publizierte Arbeiten einiger der Genannten sowie auf solche von Florian Freund, Siegwald Ganglmair, Leo Gürtler, Gert Kerschbaumer, Andreas Maislinger, Wolfgang Neugebauer, Peter Schwarz, Gerald Steinacher und anderen stützen.

Die im Text erwähnten Begegnungen mit Zeitzeugen und Verwandten der porträtierten Personen erstreckten sich über einen Zeitraum von beinahe zwanzig Jahren seit dem Beginn dieses Millenniums.

Die oft erheblich unterschiedliche Schreibweise der Namen meiner zwölf Protagonisten selbst in offiziellen Dokumenten veranlasste mich zu einer Überprüfung der Einträge in den jeweiligen Taufbüchern. Sie sind hier an die dort festgelegte Orthographie angeglichen.

Vor zwanzig Jahren habe ich die Nachnamen von rangniederen Akteuren, die mehr oder weniger Schuld auf sich geladen haben, noch konsequent verfremdet. Inzwischen sind etliche wissenschaftliche Publikationen erschienen, die das öffentliche Interesse an diesem Gegenstand eindrucksvoll widerspiegeln und die tatsächlichen Namen der Täter nennen. Ich sehe daher keinen Anlass mehr, es anders zu halten, zumal dieser Text auf jede fiktionale Zutat verzichtet. Vornamen von Kindern der Opfer und Täter, die 2020 theoretisch noch leben könnten, bleiben konsequent ausgespart. Das gilt bei Frauen auch für neue Familiennamen, die sich durch (Wieder-)Verheiratung ergeben haben. Wie schon in einem der Kapitel kurz angedeutet, begleite ich, ebenfalls aus Rücksichtnahme auf ihre Nachkommen, die beiden belasteten Herren Gottfried Hamberger und August Steininger nicht bis an ihr Lebensende. Aus biographischen Einzelheiten ihrer späten Jahre könnten sich unter Umständen unliebsame Rückschlüsse ziehen lassen.

Diese behutsam literarisierten, mehr oder weniger bruchstückhaften Lebensgeschichten von zwölf Personen beruhen ausschließlich auf Fakten, die sich entweder durch eine Vielzahl von Dokumenten belegen lassen oder von unmittelbaren Augen- und Ohrenzeugen glaubwürdig geschildert wurden. Mutmaßungen werden als solche ausgewiesen.

Aus dramaturgischen Gründen habe ich die Tatsache, dass das Arbeitserziehungslager Weyer 1940 die allerersten Wochen provisorisch direkt an der Moosach untergebracht war, im Text nicht berücksichtigt.

Einige wenige inhaltliche Differenzen in Details zu meinem Roman *Herzfleischentartung* sowie zu anderen Publikationen in Sachen Weyer ergeben sich zumeist aus der weiter verbesserten Quellenlage.

Die im Kapitel zu Rudolf Haas geschilderten Umstände einer gescheiterten Straßenbenennung dürfen nicht dahingehend missdeutet werden, dass die Gemeinde Sankt Pantaleon grundsätzlich auf Distanz zu erinnerungskulturellen Initiativen gehen würde. Gerade in jüngerer Zeit funktioniert die Zusammenarbeit zwischen dem Verein Erinnerungsstätte und der Kommune ausgezeichnet.

Die Rechtschreibung meiner Prosa entspricht mit Ausnahme der neuen ß/ss-Regelung weitgehend jenen Normen, die bis 1996 allgemeiner Standard waren. Bei Originalzitaten habe ich die je gewählte Orthographie beibehalten. Das betrifft auch allfällige Verschreibungen von Namen.

Das Land Oberösterreich hat die Arbeit an diesem Buch durch eine Zuwendung unterstützt.

Inhalt

Einbegleitung	7
Auleitner, Alois	13
Blach, Amalia	24
Bogner, Johann	35
Haas, Rudolf	52
Haller, Edmund	
Hamberger, Gottfried	58
Huber, Josef	87
Mayer, Josef	100
Neuwirth, Josef	113
Rosenfels, Albine	137
Steffl, Ludwig	151
Steininger, August	160
Nachschrift	185
Anmerkungen	187